새 마음으로

새 마음으로

이슬아의 이웃 어른 인터뷰

이순덕, 윤인숙, 이존자, 장병찬, 김경연, 김혜옥, 이영애

글 이슬아

"다른 사람들이 노동하였고,

너희는 그들의 노동에 들었느니라."

『요한복음』4장 38절.

—존 버거, 김현우 역『끈질긴 땅』, 열화당, 2019, 5쪽.

나는 오랫동안 이 일을 하며

당신을 기다려 왔습니다.

차례

응급실 청소 노동자 이순덕

2020.03.18.

나보다 더 고달픈 사람을 생각했어요

하룻밤 사이 온 도시의 청소 노동자들이 사라지며 시작되는 소설이 있다. 러시아 작가 디나 루비나가 1971년에 발표한 단편 「토요일에 눈이 내리면」의 도입부가 그렇다. 아침마다 부산스럽게 거리를 치우는 소리로 주인공의 단잠을 깨우던 청소 노동자들이 온데간데없는 것이다. 아무도 거리의 낙엽을 쓸지 않고 쓰레기를 수거해 가지도 않으며 양동이와 걸레를 든 채 돌아다니는 사람도 없다. 공적인 공간에 쌓여갈 더러운 것들은 이제 누가 치울까. 첫 장만 읽고도 나는 금세 불길한 예감에 사로잡혔다. 청소 노동자들이 사라진 도시는 하루 이틀 만에 디스토피아를 닮아갈 것이기 때문이다. 청소 노동자는 이 도시를 무탈히 굴러가게 하는 주요한 인물들 중 하나다. 그들은 우리가 돌아서서 금세 잊어버리는 곳을 날마다 치운다. 그들이 다녀간 자리에는 어제의 잔해가 사라지고 내일이 시작될 공간이 생긴다. 그러므로 청소란 우리에게 공간의 미래를 선사하는 노동이다. 청소를 멈춘 도시는 미래의 자리도 협소할 게 분명하다.

응급실의 경우는 어떨까? 우리 생의 최악의 순간을 겪거나 겨우 모면하는 곳 아닌가. 다들 응급실에 가는 일만은 피하고 싶을 것이다. 어쩌다 그곳에 방문하더라도 우리는 아프느라 혹은 걱정하느라 자신과 의료진만을 생생하게 기억한다. 조금 여유가 생기면 옆에 누운 다른 환자를 기억하기도 한다. 그러나 조용하고 신속하게 응급실을 치우는 청소 노동자의 얼굴을 기억하는 경우는 드물다. 사실 응급실은 치료만큼이나 청소가 시급한 곳이다. 깨끗이 치우고 소독하지 않은 진료실에는 다음 환자를 들일 수 없다. 전염병의 시대에는 더더욱 그렇다. 응급의학과 전문의이자 작가인 남궁인은 응급실 청소 노동자에 관해 이렇게 증언한다.

"응급실은 시시각각으로 사방에 오물이 튀고 수술 도구가 버려지므로, 정해진 시간마다 우아하게 빗자루질을 하는 것이 아니라 새벽에도 시시때때로 우악스럽게 걸레질을 해야만 한다. 그 내용물만 하더라도 보통의 청소 현장에서 나온 것과는 차원이 다를 것임을 나는 보증한다. 병원 누구라도 각자가 하는 역할은 소중하지만 여사님이 없으면 병원은 바로 엉망진창이 될 것이다."

— 남궁인, 『제법 안온한 날들』, 251쪽

　응급실의 생로병사와 희로애락을 구체적으로 담은 그의 책을 읽고 응급실 의사로서의 삶에도 커다란 인상을 받았지만 의사보다 더 궁금해진 사람은 '여사님'으로 불리는 청소 노동자였다. 잊고 있던 자명한 사실이 실감나서다. 사건과 사고와 참말과 거짓말과 사랑과 이별과 바이러스가 난무하는 세상에서도 어쨌든 그저 묵묵히 치우는 사람들이 있다는 것. 아무도 보지 않는 자리에서도 말이다. 하지만 응급실을 치우는 사람의 인터뷰는 아직 어디에서도 보지 못한 것 같았다.

　우리는 우리가 직접 하지 않은 일로도 혜택을 누리며 살아간다. 많은 이들이 꺼려 하는 일을 꼼꼼하고 성실하게 해내고 있을, 만나보지 못한 이들을 생각하며 그중 한 사람인 이순덕 님을 인터뷰 지면에 모시기로 했다. 같은 응급실

에서 일하는 남궁인 선생님께서 순덕 님과 나를 선뜻 연결시켜주셨다.

순덕 님은 이대목동병원에서 무려 27년간 청소를 해온 분이다. 내가 겨우 두 살이던 1993년부터 2020년인 지금까지 그만두지 않고 계속해오셨다고 한다. 응급실에 관해, 청소의 디테일에 관해, 삶과 죽음에 관해, 계속한다는 것에 관해 순덕 님께 묻고 싶었다.

산수유가 막 피어나던 3월 중순에 우리는 이대목동병원 앞 목마공원에서 처음 만났다. 인터뷰가 생전 처음이라는 순덕 님은 사진 촬영이 있을 거라는 나의 예고에 평소와 달리 반짝이는 귀걸이와 반지를 끼고 오셨다. 뿌리 부분이 흰 곱슬머리는 드라이를 해 정성스레 올려 묶었다. 병원에 등록된 그의 공식적인 직책은 '미화원'이고 의료진들 사이에서는 '여사님'이지만 이 인터뷰에서는 본명인 순덕으로 호명했다.

이슬아　점심은 드셨을까요?

이순덕　먹었죠. 보통 11시 반에 먹어요. 응급실에서 언제 호출할지 모르니까 밥은 빨리 먹어야 돼요.

이슬아　이대목동병원에서 27년째 근무하셨다고 들었어요.

이순덕　젊어서 와가지고 여기서 늙었지요. 하하하. 다른 병원은 안 가봐서 몰라요.

이슬아　긴 세월인데, 처음에 어떻게 시작하게 되셨는지 여쭤보고 싶어요.

이순덕　제가 지금 예순일곱 살이니까, 마흔 즈음에 시작했네요. 이웃집 아줌마가 소개해준 일이에요. 새벽마다 어디로 가더라고요. 어디 가냐고 내가 물어보니까 이대목동병원에 일하러 간대요. 그 아줌마가 일을 하다 그만두게 되어서 그 자리에 저를 소개해준 거죠. 1993년도에 입사를 했어요. 청소일 하러 왔다고 하니까 바로 내일부터 나오라고 하더라고요. 그때만 해도 이대목동병원이 지하층이랑 지상층 3층까지만 있었어요.

이슬아 지금보다 병원 규모가 작았군요. 의료진도 환자도 적었고요.

이순덕 지금에 비하면 적었죠. 그래서 처음에는 일도 덜 힘들었어요. 청소하는 아줌마도 소장, 반장까지 다 합쳐서 총 7명밖에 안 됐어요. 7명이서 병원 전체를 치울 수 있었어요. 그러다 차차 확장되어서 건물이 12층까지 올라간 거예요. 지금은 청소하는 사람만 100명도 넘어요.

이슬아 취직하자마자 응급실로 배정받으셨나요?

이순덕 첫 10년은 신생아실에서만 일했어요. 그다음 17년은 응급실에서 일했고요.

이슬아 신생아실과 응급실은 풍경이 되게 다를 것 같은데요.

이순덕   엄청 다르죠. 응급실에는 피나 똥이나 오줌을 흘리는 환자가 많아요. 교통사고 난 환자도 많고요. 그에 비하면 신생아실은 누워서 떡 먹기지. 애기들이 드러누워있응께 옆에랑 밑에만 조심조심 치워주면 돼요. 근데 응급실에서는 수술방이 통째로 난리예요. 위급한 사람을 한바탕 치료한 방에 가서 제가 죄다 치워요. 식은땀이 나죠. 치우는 게 너무 힘등께 다리에 막 쥐가 날 때도 있어요. 응급실은 청소하는 사람 뽑기가 어려워요. 빡세서 잘 안하려고 하죠. 항상 동동거리고 다녀야 하니까요. 쉴 새가 없지요. 병원에서 치우기 제일 힘든 데가 응급실, 중환자실, 수술실이에요. 저는 17년 전에 응급실로 배정받아서 일하기 시작했지요. 원래 거기 있던 아줌마가 일흔하나에 정년퇴직을 하는 바람에 제가 그 자리에 간 거예요.

이슬아   3교대로 근무하신다고 알고 있어요. 몇 시부터 몇 시까지 일하시나요?

이순덕   저는 6시 조예요. 오전 6시부터 오후 3시까지 일해요. 그다음엔 3시 조가 들어가서 밤 10시까지

하고, 10시 조가 교대해서 아침 6시까지 하는 거예요. 그때 다시 제가 출근하고요.

이슬아   하루가 일찍 시작되시겠어요.

이순덕   새벽 3시 반에 일어나요. 그리고 4시 10분에 버스를 타요. 우리집이 송정인데 교통편이 별로 안 좋아서 세 번 갈아타야 돼요. 여지껏 27년을 그렇게 출퇴근했어요.

이슬아   그럼 순덕 님이 타시는 버스가 첫차인가요?

이순덕   두 번째 차예요. 첫차에는 사람이 아주 많고 두번째 차에는 그보단 적어요. 바깥 풍경을 보면서 타고 오지요.

이슬아   출근하셔서서 딱 호출을 받으면 보통 어떤 것들을 보시게 되는지 궁금해요.

이순덕   "여사님, 빨리 오셔서 방 좀 치워주세요." 하고 호출이 와요. 들어가서 보면 정신이 없죠. 수술용 장

갑이고 뭐고 간에 의사 선생님들이 그걸 예쁘게
치울 시간이 없어요. 쓰레기통에도 못 넣어놓죠.
죄다 아래로 휙휙 다 던져가면서 일해요. 그래서
바닥엔 쓰레기 천지고 피 묻은 발자국도 많이 찍
혀있어요. 선생님들이 바빠서 어쩔 수가 없으니
까 이해를 해야 돼요. 그걸 내가 다 치우는 거죠.
피가 너무 많아서 걸레를 열 번도 더 빨아요.

이슬아   처음부터 걸레질을 하실 수는 없을 것 같은데요.

이순덕   그렇죠. 첨부터 걸레로 닦을 수는 없어요. 걸레질
하기 전에 기저귀 같은 걸로 먼저 닦아요. 그걸로
피랑 오물을 깔끔히 훔쳐내고 걸레질을 하는 거
예요. 사실 맨 먼저는 큰 거부터 치우죠. 박스로
된 접촉물 통에 굵고 커다란 쓰레기들을 다 넣고,
빗자루랑 쓰레받기로 싹 쓸고, 그다음에 걸레를
빨아오죠. 제가 들고 다니는 기본 도구는 장갑, 마
스크, 쓰레받기, 빗자루, 걸레, 비누, 락스 같은 거
예요.

이슬아   순덕 님께서 일하시는 모습을 상상하면 눈에 보
이는 것도 빡세지만 무엇보다 코로 들어오는 냄

새가 정말 심할 것 같아요.

이순덕   아휴, 장난이 아니지요.

이슬아   비위가 센 편이세요?

이순덕   젊을 때는 비위가 셌는데 나이 먹응께 이제 속이 매스껍고 그래요. 어쩔 땐 밥도 잘 안 넘어가요. 피 냄새가 제일 힘들고, 여기저기 묻은 소변이랑 대변도 힘들죠. 항시 마스크를 쓰고 일하는데도 냄새가 다 나요. 락스를 좀 뿌려서 피비린내를 지워야 돼요.

이슬아   락스가 독하잖아요. 아주 희석시켜서 쓰시지요?

이순덕   약하게 타서 쓰지요. 한 방울만 타도 피비린내가 지워져요. 분무기에 담아서 쭉 뿌려서 싹 닦고 소독해요.

이슬아   위독한 환자가 한 번 다녀가면 그 현장을 치우는 데 보통 시간이 얼마나 걸리나요?

이순덕　만약 방에서 급하게 처치하고 피 많이 나오는 수술을 했다면 거진 한 40분에서 50분 걸릴 거예요. 방 하나를 치우는 데만 해도 오래 걸려요. 빨리빨리 할 수가 없어요. 혼자 하니까요. 우리 응급실은 한 번에 한 사람씩 3교대를 하거든요.

이슬아　그럼 오전 6시부터 오후 3시까지 응급실의 모든 청소를 다 순덕 님 혼자 하시는 거예요?

이순덕　네. 거기다가 응급실 안에 화장실이 5개 있어요. 그 화장실 청소도 수시로 하지요.

이슬아　응급실 화장실은 사람들이 몸을 못 가눌 만큼 아픈 채로 오니까 다른 화장실보다 더 지저분할 것 같아요.

이순덕　맞아요. 근데 저는 더러운 꼴을 못 봐요. 계속해서 싹싹 치우고 마무리를 딱딱 해야지 돼요. 이 일은 건성건성 해서는 안 돼요. 병원이라 그럴 수가 없어요.

이슬아 철저히 해야 되는군요.

이순덕 정말 철저히 해야 돼요.

이슬아 이런 청소 규칙들을 처음에 누군가가 가르쳐주셨나요?

이순덕 1993년도에 취직했을 때 소장이 나한테 교육을 해줬죠. 그 방법을 똑같이 따르고 어떤 거는 제 노하우로 더 깔끔하게 하죠. 입사하고 3년 뒤부터 일이 좀 몸에 익은 것 같아요. 보통 소장이 교육을 해요. 같은 동료끼리 잔소리를 하면 기분이 나쁘니까요. 동료가 대충 치워놨어도 내가 말없이 더 치워야죠. 동료한테 함부로 잔소리를 하면 안 돼요. 만약에 나 때문에 동료가 삐져가지고 그만둬버리면 어떡해요. 안 그래도 사람 구하기 힘든데요. 그냥 내가 좀 더 치우는 게 낫지요.

이슬아 응급실에서는 어떤 쓰레기가 가장 많이 나오나요?

이순덕　거의 다 일회용품들이에요. 위생 땜시 한 번 쓰고
딱 버려야 되는 것들이 많아요. 환자들 패드나 기
저귀 같은 것, 거즈랑 붕대도 많고, 일회용 장갑도
수두룩하죠. 파란색 커다란 비닐 포도 자주 있어
요. 소변통도 많이 치우죠.

이슬아　환자의 몸에 닿은 건 의료 폐기물로 구분해서 따
로 처리한다고 알고 있어요. 일회용품 사용을 줄
여야 되지만 병원은 감염 예방을 철저히 해야 되
니까 어쩔 수 없다면서요.

이순덕　그렇지요. 특히 요즘엔 코로나 때문에 쓰레기 통
이 금방 가득 차요. 마스크며 가운이며 비닐장갑
이며 한 번 쓰고 버리는 쓰레기로 몇 통이나 나오
죠. 오늘만 해도 15통이나 내놨어요. 제가 그걸
비닐로 꽉 묶어서 내놓으면 수거해가는 트럭이
와요. 수거해서 소각장으로 간대요.

이슬아　응급실에서 호출 받기 전에는 휴게실에서 대기하
고 계시나요?

이순덕　휴게실이 지하에 있긴 한데 저는 그냥 응급실 가까운 엘리베이터 옆에 박스 깔아놓고 앉아있어요.

이슬아　왜 박스 위에 앉아계세요?

이순덕　휴게실에 의자가 없응께.

이슬아　휴게실에 의자가 없구나… 몰랐어요.

이순덕　그렇기도 하고 응급실이 너무 바쁘니까 지하에서 왔다 갔다 하면 시간이 오래 걸려요. 계단 오르내리는 게 다리가 아프기도 하고요. 그래서 그냥 가까운 바닥에 앉아서 대기하는 거예요.

이슬아　거기 앉아계시면 춥지 않으세요?

이순덕　춥긴요. 안 추워요. 더워요. 겨울에도 반팔 입고 일하는데요.

이슬아　입고 계신 유니폼은 편하신가요?

이순덕   편해요. 본사에서 1년에 한 번씩 지급하는 건데 겨울이든 여름이든 반팔로 입죠. 가디건은 잠깐 밖에 나갈 때에만 입어요. 1993년에는 유니폼이 무슨 죄수복같이 시퍼랬어요. 그러다가 중간에 분홍색으로 바뀌고, 그다음엔 회색 유니폼인 시절도 있었죠. 그러다가 이제 지금 유니폼으로 바뀐 거예요. 용역이 바뀔 때마다 제 유니폼이 달라져요.

이슬아   일하는 중에도 갈아입으실 때가 있지 않나요? 여러 오물들이 묻으니까.

이순덕   그렇죠. 피 튀기고 그러면 여분으로 갖다놓은 걸 새로 입고 일하죠. 냄새낭께. 내 유니폼은 내 손으로 빨고요.

이슬아   청소일도 힘드시겠지만, 아픈 사람들이랑 죽는 사람들을 가까이에서 보는 것도 힘드실 것 같아요. 27년을 반복하시면 조금 담담해지는 부분도 있을까요?

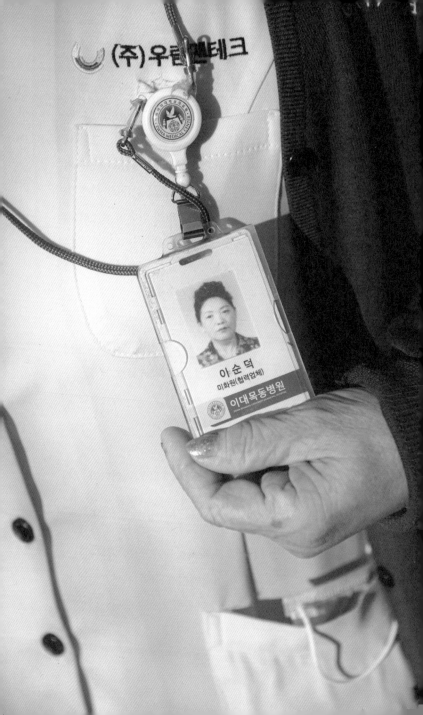

이순덕 담담한 것은 없지요. 맨날 봐도 깜짝깜짝 놀라요.
죽는 사람들을 볼 때마다 가슴이 뜨끔해요. 어디
서 누가 통곡을 하고 울면 죽은 거예요. 그럼 나
도 눈물이 나고 그래요. 죽진 않더라도 사람들이
아프면 비명을 지르고 앓는 소리를 내죠. 아주 그
냥 내 마음이 아파 죽겠어. 일이 있응께 거기다 계
속 신경을 쓸 수는 없지만요. 교통사고 난 환자가
오면 제일 힘들어요. 피를 너무 많이 흘려놔서 그
걸 말로 다 못해요. 급한 환자가 오면 의사 선생님
들이 살리려고 막 하잖아요. 피가 코로 입으로 막
나와도 어떻게든 살리려고 하면서 주변은 엉망이
되지요. 그럴 때면 많이 힘들죠.

이슬아 기다리는 사람들도 맨날 보시겠어요.

이순덕 보호자도 그렇고 환자도 그렇고 기다리다가 소리
지르는 사람이 많죠. 내가 죽겠는데 왜 딴 사람만
먼저 봐주냐 이거예요. 그런데 순서가 있잖아요.
의사 선생님들이 다독거리죠. 조금만 기다리시라
고. 그래도 환자 입장에서는 급하고 아프니까 행
패를 부리기도 하죠. 나는 의사 선생님들이랑 간

호사 선생님들도 안쓰러워요. 다 손주뻘인데요, 얼마나 동동거리며 일하는지 몰라요.

이슬아 직원 말고 환자 입장으로 응급실에 온 적도 있으세요?

이순덕 한번은 자다가 내 창자가 꼬였어요. 배가 너무 아파서 여기로 왔죠. 다 아는 얼굴들 있는 데니까. 청소하는 아줌마들 다 나한테 와가지고 어디 아프냐고 물어보고 그랬죠. 환자복을 입으니 기분이 달라지더라고요. '내가 정말 왜 이러지?' 하면서 괜히 우울해지고 그랬어요.

이슬아 저희 외할머니는 일흔두 살이신데 지금도 아파트 청소일을 하세요. 오랫동안 해오신 일인데 무릎이 안 좋으셔서 계단 청소같은 걸 하려니 아프시죠. 자식들이 돈 조금씩 모아서 드릴 테니까 일 그만두시라고 했는데 싫으시대요. 일을 안 하면 우울하다고요.

이순덕 그렇지. 나는 십분 이해해요. 가만히 생각을 해봉께 만약 내가 정년퇴직하고 집에만 있으면 우울증이 올 것만 같아. 항시 활발하게 일하다가 아무것도 안 하면요.

이슬아   퇴직까지 3년 남으셨는데 이후의 삶은 어떻게 계획하고 계세요?

이순덕   지금도 퇴근하고 여기저기 봉사를 열심히 다녀요. 퇴직하면 더 열심히 다니겠죠. 성당에도 열심히 다니고요. 또 내가 글씨를 잘 모릉께 글씨를 배우고 싶어요. 성당에 가면 글씨를 조금씩 알려주거든요. 그리고 세례도 받아야죠. 세례를 받아서 이제 더 으른이 되어야죠. (웃음)

이슬아   (웃음) 어른은 끝없이 될 수 있는 건가 봐요.

이순덕   맞아요. 계속 배우면서 살아야지요. 내가 국민학교를 안 나왔으니까 글을 잘 못 읽어요. 근데 자꾸 배우고 싶으니까, 남궁인 의사 선생님한테도 그분 쓰신 책 하나 달라고 한 거예요.

이슬아   남궁인 선생님도 순덕 님께 책을 드릴 수 있어서 기쁘셨을 거예요.

이순덕   물론 내가 잘 못 읽어서 이해 못하는 부분도 많겠 지마는, 아는 것만이라도 이해해보는 거죠.

이슬아   성당 가셔서 어떤 기도를 하시는지 궁금해요. 말 씀해주실 수 있나요?

이순덕   걸을 때마다 무릎에서 삐그덕삐그덕 소리가 나 요. 무릎이 아픙께 내 몸을 좀 돌봐달라고 하느님 께 기도를 하죠. 내 언니, 내 동료들을 위해서도 기도를 하고요. 혼자 사는 노인들도 생각해요. 아 무래도 내가 혼자 살다 봉께 혼자 사는 노인들이 너무 애처롭게 보이는 거예요. 나이 잡숴가지고 얼마나 외롭고 힘이 들까. 팔십 넘은 분들에 비하 면 나는 아직 조금 젊잖아요. 부모 같기도 하고 너 무 애처로워요. 그래서 봉사를 다니는 것 같아요. 매주마다 독거노인들 집에 찾아가서 목욕시키고 밥 안치고 청소해주고 와요. 그렇게 다니는 팀이 있어요.

이슬아 출근해서도 청소하시는데 퇴근해서도 또 청소를 하시네요.

이순덕 병원이나 내 집에서는 당연히 하고, 가끔은 남의 집에서도 하는 거죠. 그러고 싶으니까요. 피곤한 거를 잘 모르겠어요. 젊을 때는 잠이 쏟아졌는데 나이 들으니까 잠도 안 와요. 봉사 다닌지도 20년 째예요.

이슬아 세상에, 어떻게 그 힘이 나세요?

이순덕 왜 그러느냐면요. 내가 부모를 일찍 여의고 남의 손에서 커서 그래요. 평생 외롭고 아주 그냥 고달 팠잖아요. 사랑도 못 받고요. 어려서부터 생각했 어요. 나는 성장해서 돈을 벌면 꼭 나보다 더 힘든 사람을 도와야지 하고요. 마음을 그냥 그렇게 먹 었어요. 사실 나는 누가 출생신고도 제대로 안 해 줬어요. 1950년에 태어나서 실제로는 70살인데, 출생신고를 뒤늦게 동네 사람이 1953년에 해줘 서 주민등록증 나이로는 67살인 거죠. 그래서 다 행히 정년퇴직을 3년 천천히 할 수 있으니까 좋은 점도 있어요. 옛날 동네 사람 말로는 내가 파주 어딘가에서 태어났다는데 부모가 일찍 죽었으니 고아처럼 자랐죠. 그러다 열여덟 살 땐가 나한테 언니가 하나 있다는 사실을 알게 되었어요. 정말 어렵게 그 언니를 이산가족으로 만났어요. 그 언니가 저한테 유일한 가족이에요. 내 아들도 젊어서 죽고 남편은 병들어 죽었거든요. 사람들이 저보고 왜 그렇게 악착같이 일하냐고 그래요. 그래서 혼자 사는 사람들한테 그렇게 마음이 쓰이나봐요. 나처럼 힘들 것을 아니까요.

이슬아   우여곡절이 너무 많으셔서 지금 제가 약간 말문이 막혔어요…

이순덕   아무튼지 간에 청소일은 한 달에 네 번 쉬어요. 쉬는 날에 봉사하고 성당 다니는 거예요. 일하는 날에는 항시 이렇게 머리를 틀어 올리고 출근하지요. 싹 묶어야 일하기 편해요. 짧은 머리는 머리카락이 내려와서 얼굴에 붙으니까 불편해요. 그러니까 안 자르고 긴 머리로 있죠. 묶기 편하게. 그러고 청소를 하지요. 적적할 새가 없어요. 바쁘니까요.

이슬아   다 치우고 난 다음에 그 자리를 돌아보시나요?

이순덕   돌아보죠. 내가 치운 데를 한번 이렇게 둘러보는
거예요. 말끔하게 싹싹 치운 걸 보면 기분이 좋지
요. 저는 일하면서 실수 잘 안 해요. 의사 선생님
들은 기술이 어려우니까 실수할 때가 있을지 몰
라도 나는 청소일이니까 완벽하게 해요. 남의 자
리에서는 일해보지 않아서 모르겠어요. 그저 내
가 맡은 일만은 완벽하게 하는 거예요.

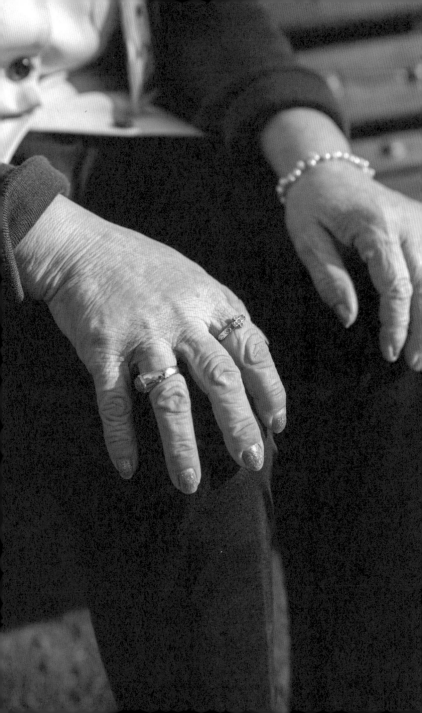

순덕 님은 "사는 게 너무 고달팠어요"라고 말한 뒤 "그래서 더 힘든 사람을 생각했어요"라고 덧붙였다. 나는 이 두 문장이 나란히 이어지는 게 기적처럼 느껴진다.

너무나 많이 치우고 너무나 많이 헤아리는 그의 얼굴을 오래 바라보았다. 이순덕이라는 개인이 해내는 촘촘한 일들이 그저 놀라울 따름이었다. 인터뷰를 마치고 순덕 님과 함께 목마공원을 한 바퀴 산책했다. 걷다가 순덕 님은 아무렇지도 않게 내 팔짱을 꼈다. 27년을 일하면서 이렇게 목마공원에 와보는 건 처음이라고 하셨다. 병원 정문 코앞에 있는 곳인데도 말이다. 그렇게 정신없이 바쁘게 살았다고, 항시 동동거리며 지낸 것 같다고 하셨다.

　　"일 얘기를 이렇게 쭉 한 거는 처음이에요. 얘기를 하니까 행복하네."

　　순덕 님의 말을 듣고 나는 문득 삶이라는 게 몹시 길게 느껴졌다. 순덕 님과 같은 일흔 살이 되기에 나는 아직 먼 것 같아서다. 울면서도 완벽하게 청소할 수 있을 때까지, 내 노동으로 일군 자리에 다른 이를 초대할 수 있을 때까지, 지치지 않고 계속 어른이 되어가고 싶다.

사진: 박현성
녹취록 작성: 김지영

농업인 윤인숙

2020.06.10.

버섯이 쏘아 올린 작은 공

이 이야기는 표고버섯 한 상자에서 시작된다.

지난봄 나는 어떤 책의 뒤표지에 들어갈 추천사를 썼다. 잡지사 다니던 시절 스무 살의 나에게 많은 일을 가르쳐주고 챙겨주고 실수를 수습해줬던 선배가 쓴 책이었다. 일은 많고 봉급은 적은 와중에 선배가 있어서 덜 팍팍한 시절이었다. 소탈하고 너그러운 그 선배의 이름은 김신지다. 잡지사를 그만두고 한참 시간이 흐른 뒤에도 문득 신지 언니가 그리워지는 저녁이 있었다. 신지 언니의 새 책에 내가 바친 문장은 다음과 같다.

"인생이 마음에 드는 날엔 누구를 만나도 상관없지만 그렇지 않은 날엔 아무도 만날 자신이 없어진다. 전철 차창에 비친 내 표정을 보는 것조차 부담스럽다. 그런 퇴근길에 우연히 김신지를 마주친다면 어쩐지 툭 터놓고 얘기하게 될 것 같다. 나의 피로와 슬픔과 후회와 부끄러움을 그가 알아볼 테니까. 그는 여러 모양의 초라함을 아는 사람. 재능 있는 친구 뒤에서 박수를 치는 사람. 내 맘 같지 않은 평일이 익숙한 사람. 나무가 사계절을 어떻게 견디는지 골똘히 보는 사람. 그런 사람의 이야기는 인생이 마음에 들지 않는 날일수록 그리워진다."

자주 보지 못하는 언니에게 애틋한 마음을 담아 짧은 글을 써서 보냈다. 얼마 후 예쁘게 완성된 언니의 책이 우리 집에 도착했다. 언니가 단정한 글씨로 적은 편지와 함께였다. 편지를 기쁘게 읽고 책을 앞뒤로 훑어본 뒤 서재에 꽂았다. 미리 다 읽어본 내용이니까 이 책에 관해 할 일은 이제 끝이라고 생각했다.

며칠 뒤 택배 상자가 하나 도착했다. 경상북도 문경시 산양면으로부터 출발한 택배였다. 집에 있던 복희 씨, 웅이 씨와 함께 상자를 열었다. 우리가 살면서 봐온 그 어떤 버섯보다도 실한 버섯이 상자 속에 한가득했다. 신문지에 곱게 싸인 채 문경에서 파주로 건너온 백화 표고버섯이었다. 상자 주위로 아주 향긋한 냄새가 났다. 비건 지향 생활을 시작한 뒤로 나는 모든 채소와 곡류와 버섯의 향을 이전보다 생생하게 느끼는데 이 버섯은 약간 황홀할 정도로 좋은 향을 풍겼다. 촉감도 알차고 탄력적이었다. 갓 부분의 갈라진 무늬는 보석의 표면처럼 보이기도 했다. 버섯들 위로는 짧은 편지 한 장이 동봉되어 있었다. 다 쓴 농협 달력을 반듯하게 잘라서 비어있는 뒷장에 적어 내려간 알뜰한 편지였다.

"슬아 씨 안녕하세요. 신지가 늘 고마운 친구라고 칭찬을 많이 했답니다. 고마워요! 지금 어려운 시기이지만 힘내세요. 버섯 맛나게 드시고 행복하세요."

신지 언니의 어머니 윤인숙 씨께서 보내주신 상자였다. 글을 쓰면 보통 200자 원고지 1매당 1만 원가량의 원고료를 받는다. 그간 숱한 수필과 서평과 칼럼과 추천사 등의 원고를 쓰며 프리랜서로 지내왔지만 원고료에 버섯 한 상자를 더 얹어서 받은 적은 이번이 처음이었다. 내 짧은 추천사에 비하면 이 버섯 상자는 너무 과분한 것 같았다. 인숙 씨는 만난 적도 없는 내게 어쩜 이렇게 귀한 선물을 보내줄 수 있는 것일까. 옆에서 함께 버섯 향을 맡는 복희 씨의 익숙한 옆모습을 보며 나는 생각했다. 이 버섯 상자는 신지 언니를 향한 인숙 씨의 사랑이라고. 정성 들여 키운 작물을 딸의 후배에게 한가득 선물하는 마음을 상상하다가 알게 되었다. 이분은 신지 언니의 수호신이구나. 나에게

복희 씨가 있다면 신지 언니에게는 인숙 씨가 있는 것이다.

버섯을 받아든 우리 가족은 누가 먼저랄 것도 없이 말했다. 너무 예뻐서 먹기 아깝다고. 양념을 묻히기도 송구스러울 정도로 좋은 품질의 버섯이라고. 버섯 본연의 맛을 최대한 음미하기 위해 그저 살짝 굽기만 했다. 소금 간만 해서 먹어도 그렇게 맛있을 수가 없었다. 다음 끼니에는 상추에 싸 먹고 다다음 끼니에는 국 끓여 먹고 그다음 끼니에는 채소랑 들깨랑 볶아 먹었다.

며칠째 버섯을 먹던 중 불현듯 그런 생각이 들었다. '이걸 키운 사람을 만나야겠다.' 이렇게 훌륭한 버섯이 길러지는 과정은 어떠할지 궁금해졌기 때문이다. 나는 버섯을 사거나 먹을 줄만 알지 키울 줄은 몰랐다. 버섯 재배의 대략적인 방법조차 알지 못했다. 너무 훌륭한 버섯을 며칠씩 먹다 보니 그 사실이 부끄러웠다. 나의 스승은 말했다. 직접 농사를 지을 수 없다면, 나 대신 농사를 지어주는 농부님들을 존경하기라도 해야 한다고.

농부님들을 향한 그동안의 존경은 몹시 막연했다. 2,000평의 밭농사를 짓는 대안학교에 다녔는데도 그랬다. 농작물보다 먼저 화두가 된 것은 고기였다. 내 입으로 들어가는 고기가 밀집 사육되는 과정에 관해 이십 대 후반이 되어서야 다시 생각했다. 입에서 마트로, 마트에서 냉동 트럭으로, 트럭에서 도살장으로, 도살장에서 공장식 축산 현장으로 되감기 하는 일이었다. 깔끔하게 포장되어 판매되는 고기가 이전에는 무엇이었는지, 그 무엇을 인류가 얼마나 대규모로 끔찍하게 다루는지 모른 척하지 않는 일이었다. 고기를 먹지 않게 됨과 동시에 내 입에 들어오는 채소와 곡류와 과일에 대해서도 자꾸 되감기 하게 되었다. 무엇을 먹고 있는지 생생히 자각하며 지냈다. 채식 역시 완전무결한 식단일 수 없다. 공장식 밀집 축산이 비인간동물과 자연에게 끼치는 피해를 줄이기 위한 방식 중 하나일 뿐이다. 축산과 농업을 둘러싼 무시무시한 문제들은 개인의 채식만으로 다 해결될 수 없을 것이다. 채식은 그저 최소한의 실천이자 가장 간단히 실천할 수 있는 한 걸음이다. 이 생활은 이 땅의 농부님들 덕에 지속된다. 나의 식탁은 그들의 노동에 절대적으로 의지하고 있다.

그러니까 인숙 씨는 나를 직접적으로 먹여 살리는 농부님들 중 한 사람이다. 농부의 일에 관해 전보다 자세히 알아야 할 것 같았다. 구체적으로 존경하기 위해. 구체적으로 감사하기 위해. 그들의 몸과 일과 땅이 앞으로도 지속 가능하도록 애쓰고 싶었다. 내가 직접 하지 않은 다양한 노동에 빚을 지며 살아가고 있으므로.

인숙 씨를 향한 인터뷰 요청 편지를 신지 언니 편에 보냈다. 낮에는 일하시느라 바빠서 해가 진 뒤에야 확인하실 거라고 신지 언니는 대답했다. 그날 밤 언니 편에 인숙 씨의 답변이 돌아왔다. 긴 편지를 읽으니 도저히 거절할 수가 없다는 대답이었다. 5월 20일경이면 모내기랑 밭일도 끝날 것이고 오이 하우스 손질도 마칠 테니 그때 찾아오라고 하셨다.

화창한 5월 말의 어느 아침, 부지런 떨며 문경으로 향했다. 야심 찬 촬영 장비를 바리바리 챙긴 동료 사진가 곽소진과 함께였다. 또 한 사람, 복희 씨가 있었다. 복희 씨는 사진가도 아니고 인터뷰어도 아니지만 나와 함께 인숙 씨의 버섯에 감동한 나머지 그분 이야기를 듣고 싶어서 동행했다. 정말 그림자처럼 조용히 있겠다고 강조했다. (물론 결코 그렇게 진행되지 않았다.) 복희 씨가 파주에서 문경까지 운전해준 덕분에 곽소진과 나는 좋은 컨디션으로 인숙 씨의 집에 도착할 수 있었다.

3시간 반 만에 도착한 경상북도 문경시 산양면에는 초여름이 완연하게 드리워져 있었다. 녹음이 우거진 산자락 아래에 인숙 씨의 오래된 집이 있었다. 윤인숙과 김신지. 장복희와 이슬아. 두 쌍의 모녀가 논과 밭 사이에서 마주 앉았다.

2020년에 만난 1959년생 인숙 씨는 허리가 곧고 팔뚝

이 다부졌다. 눈가와 입가에는 평생 웃어온 모양으로 주름이 파여있었다. 찡그림 말고 웃음과 함께 자리 잡은 주름처럼 보였다. 무엇보다 인상적인 곳은 손이었다. 잡혀보지 않고도 대단한 악력을 느낄 수 있었다. 그 손으로 무언가를 쉼 없이 심고 덮고 물 주고 뽑고 따고 만들고 치우고 움켜쥐는 모습을 상상했다. 노동과 함께 진화한 손 같았다. 만약 인숙 씨와 팔씨름을 한다면 나는 0.5초 만에 질 것이 분명했다. 그의 손 옆에 가져다 댄 내 손은 새삼 너무 작고 약해 보였다. 그야말로 애송이의 손이랄까. 이 손으로 가장 많이 반복한 일은 키보드 조작이었다. 나는 농경인의 DNA를 잊어가며 갈수록 퇴화해왔는지도 모른다.

인숙 씨는 우리를 버섯 하우스로 안내했다. 그늘이 드리워진 서늘한 장소였다. 그곳에 수많은 참나무 기둥들이 늘어서 있었다. 표고버섯은 참나무에서만 재배할 수 있다는 사실을 나는 이날 처음 알았다. 가느다란 참나무는 3년, 굵은 참나무는 4년간 버섯을 키울 수 있댔다.

이슬아   나무에 살짝 홈을 파서 종균을 넣는 건가요?

윤인숙   맞아요. 쉽게 말해서 종균은 버섯의 씨앗이에요.
         구멍에 종균을 넣으면 얼마 동안 숙성이 되고 버
         섯으로 자라요. 함 따보셔요.

이슬아   제가 감히 따도 되는 건가요?

윤인숙   그럼요. 겨울에는 막 힘주어 따야 해서 손가락이
         아픈데 요즘엔 쉬워요.

이슬아   (바로 따보고 놀란다) 버섯에서 살짝 물이 나와
         요! 촉촉하네.

윤인숙   요새 날이 계속 흐리고 비도 왔으니까 얘들이 수
         분을 머금고 있지. 건조해야 버섯 인물이 괜찮
         은데.

이슬아   건조해야 좋은 거군요.

윤인숙   수분을 필요로 하긴 하지만 비가 많이 오고 수분

이 너무 과해지면 상품 가치가 떨어져요.

이슬아 상품 가치가 떨어진다고요? 이렇게 맛있는 냄새
가 나는데….

옆에 있던 김신지 이따가 엄마가 버섯 밥 해준대.

이슬아 너무 좋다. 저 버섯 진짜 진짜 좋아해요. 혹시 제
가 지금 따고 있는 버섯이 백화 표고버섯인가요?

윤인숙 아니. 그 버섯은 추울 때 나오지 지금은 안 나와
요. 추워야 버섯 등이 투둑투둑 터지는 거야.

이슬아 약간 소보로빵 표면처럼 말이죠? 백화는 겨울에
만 재배하는 귀한 버섯이었군요. 한 번 딴 자리에
서는 다시 버섯이 안 나요?

윤인숙 또 나요. 초반엔 구멍 뚫은 데서만 나는데 폐목
이 될 무렵이면 나무에 전체적으로 종균이 다 차
요. 이래 안 뚫은 데서도 버섯이 나지요. (크게 자
란 버섯을 보며) 이건 너무 크네. 이래도 상품 가

치가 없어져요. 버섯대가 너무 길어져서도 안 되고 버섯갓이 너무 커져서도 안 돼요. 끝이 살짝 오므려져야지 다 퍼지면 못써.

버섯 하우스 안. 참나무 기둥에 탐스럽게 매달린 수천 개 버섯의 향과 촉감에 감동하던 중이었다. 인숙 씨는 우리를 또 다른 하우스로 안내하셨다. 거대한 버섯 하우스 옆에는 그보다 훨씬 더 거대한 오이 하우스가 있었다. 무려 700평 규모랬다.

버섯 하우스와 달리 오이 하우스 안은 몹시 덥고 습했다. 충분한 수분과 햇볕 속에서 오이 덩굴이 우거져있었다. 놀랍도록 무성했다. 생명의 에너지로 꽉 찬 곳이라 어지럽기도 했다. 오이 사이로 드문드문 빨간색이 보이기도 했다.

어느새 인숙 씨는 익숙하고 재빠른 손놀림으로 오이 줄기를 손질하고 있었다. 어딘가에서 음악 소리가 들려왔다. 하우스 한구석에 설치된 라디오에서 흘러나오는 음악이었다.

윤인숙 예전에는 오이한테 좋은 음악을 틀어주는 농법을 했었어요. 새소리, 물소리, 소 울음소리 녹음된 거요. 그런 음악을 틀어주면 오이 이파리가 이렇게 춤을 춰요. (두 손을 살랑거리며) 요렇게 넘실넘실 춤을 춰. 그런데 맨날 그 음악만 들으니까 남편이랑 나는 재미가 없는 거예요. 똑같은 소리니까요. 이제는 라디오를 틀어놓고 일해요. 사연도 있고 재미도 있으니까. 세상 돌아가는 걸 알아야지.

이슬아 이 많은 오이 관리를 남편분이랑 둘이서 다 하시는 거예요?

윤인숙 둘이서 하죠. 부부 사이가 좋으면 작물들도 잘 자라요. 새벽같이 일어나서 해요. 오이 농사는 힘으로 하는 게 아니라 그냥 슬슬 하기 땜에 둘이서 할 수 있는데 버섯 농사는 초반에 일손이 많이 필요해요. 나무가 많이 무겁고 짧은 시간 안에 빨리 해야 되니까요. 반면 오이는 꾸준히 자잘하게 손이 많이 가요. 줄기가 계속 계속 자라니까 이렇게 땡겨서 한 칸씩 밀어줘야 돼요. 줄기가 하염없이 길

어지지 않게 정리해주는 거죠. 잎도 다 정리해줘
야 되고요. 덩굴손도 제거해야지요.

옆에 있던 김신지 덩굴손도 정말 하염없이 자라. 난 그래
서 농사가 싫어. (일동 웃음) 저 어렸을
때 사진 보면 엄마가 아기를 보행기에
태워놓고 일하고 있더라고요.

윤인숙 내가 밭일하러 갈 때마다 보행기에 애를 자주 태
우니까, 보행기만 태울라카면 애가 울었어. 애도
있고 시어머니도 있고 시할머니도 있고 논일이랑
밭일도 있으니까 바빴죠.

옆에 있던 김신지 옛날 어른들은 애를 쉽게 키웠다고 말씀
하시더라.

윤인숙 지금에 비하면 쉽게 키웠지. 옛날엔 애들 밥 떠
먹여 줄라고 따라다니지 않았어. 우리 아들이 손
자한테 밥 떠먹이려고 하는 거 보면 내가 그냥 혼
자 먹을 수 있게 놔두라고 하죠. 암튼 오이 농사는
딱 이번 주 까지예요. 너무 더우면 애들도 자랄 수

가 없어. 식물도 사람처럼 지쳐요.

이슬아   그나저나 이 넓은 밭에 물을 어떻게 주나요?

윤인숙   물이 나오는 호스를 다 깔아놨어요. 예전에는 고
            무호스를 직접 들고 땡겨가며 물 주느라 힘들었
            는데 이제는 물이 나오게 설치를 다 해놨어요. 그
            걸로 영양제도 주죠.

이슬아   기계가 하는 일도 생각보다 중요하네요. 그런데
            오이들이 균일한 모양으로 자라지 않잖아요. 크
            기도 모양도 제각각일 텐데 어떻게 이렇게 맞추
            시나요?

윤인숙   매일 규칙적으로 손질하고 따니까 길이가 이렇게
            비슷하게 나와요. 그러니까 매일 안 딸 수가 없죠.
            제시간에 나와서 따야 해요.

이슬아   제시간이라는 게 몇 시쯤인가요?

윤인숙   새벽같이 나와야죠. 5시에 일어나서 밥 안쳐놓고

나와서 따는 거예요. 밥 먹는 시간도 급할 만큼 1
분 1초가 아까워요. 오이 되는 시간이 정해져 있
으니까 얼른 작업해서 수매할 때 맞춰 큰 화물차
에 실어줘야죠. 매일매일. 안 그러면 너무 커져버
리거나 오이가 휘어진 채로 자라버려요.

이슬아 정말 매일매일 빠짐없이 해야 되는 작업이네요.

윤인숙 못 할 만큼 몸이 아프지 않은 이상 꼭 해요. 자라
는 과정에서 꼬부라진 오이는 미리 따내요. 달리
는 대로 다 두면 잘생긴 오이도 늦게 크거든요. 못
생긴 애를 빨리 제거해야 옆에 있는 애가 영양을
다 흡수하고 빨리 크죠. 이렇게 못생긴 오이는 공
장에 피클용으로 납품하기도 해요.

옆에 있던 장복희   하나도 안 못생겼는데요!

이슬아 그러니까요. 너무 예쁜데요.

윤인숙 박스에 담아서 납품하는 오이는 굵기랑 길이
가 딱 고르게 돼야 해요.

가지런히 놓인 수백 개의 오이를 한참 봤다. 연두에서 초록으로 이어지는 그러데이션이 균일했다. 겨우 둘이서 일정하게 좋은 품질의 오이를 이렇게나 많이 키워낼 수 있다니 놀라웠다. 오이 하우스랑 버섯 하우스의 일만으로도 하루가 다 갈 것 같았다.

하지만 그게 다가 아니었다. 인숙 씨의 뒷마당과 앞마당에는 또 다른 논과 밭이 몇 개나 더 펼쳐져 있었다. 꼿꼿하게 걷는 인숙 씨의 뒤를 쫓으며 나는 연신 이렇게 말했다.

"세상에 이 와중에 벼농사도 지으시네요! 이 와중에 옥수수도 키우시네요! 이 와중에 고추밭도 무진장 크네요! 이 와중에 참깨, 들깨, 감자, 고구마밭도 있네요! 이 와중에 감나무, 복숭아나무, 사과나무, 오미자도 키우시네요!"

도대체 이 많은 양의 농사를 어떻게 다 하시는 거냐고 묻자 인숙씨가 대답했다.

"그나마 줄인 거예요. 도시서 직장 다니듯이 나도 일찍 일어나서 밭으로 출근하고 일하는 거죠. 깜깜할 때 나와가지고 다시 깜깜해질 때까지 일해요. 어두워서 앞이 안 보일 때까지 해요. 고추 농사 같은 건 시장 판로 말고 그냥 지인들한테 소개해서 소매로 팔아요. 수고로움이 있으면 그만큼 또 대가가 오지요. 식물이나 사람이나 동물이나 그

75

래요."

그 말을 하는 인숙 씨 옆으로 멋진 청계와 병아리 한 무리가 꼬꼬댁꼬꼬 하며 지나갔다. 시골개 한 명도 어딘가 우수에 찬 표정으로 인숙 씨 주변을 맴돌고 있었다.

집 앞으로는 오래된 소나무들이 보였다. 하늘을 영롱하게 반사하는 논도 보였다. 마당에 앉아있기에 춥지도 덥지도 않은 초여름이었다. 인숙 씨가 수박을 내오셨다. 인숙 씨와 내가 마주 앉고, 그림자처럼 있겠다는 복희 씨와 신지 언니는 옆에 있는 평상에서 수박을 먹었다. 어느새 시골개도 인숙 씨와 나 사이에 심각한 표정으로 자리 잡았다.

이슬아 집도 마당도 동네도 아름다워요. 언제부터 이곳 산양면에 살게 되셨나요?

윤인숙 81년도에 결혼하면서 왔죠. 남편은 원래 여기 사람이었고 저는 상주 사람이었어요. 팔 남매 중에 다섯째였는데 결혼할 나이 되니까 선을 보라고 하더라고요. 나는 그 무렵에 못 배운 게 한이 되어가지고 잠깐 대구에서 공부한다고 객지 생활을 하다가 집에 돌아와 있었어요. 여자가 뭘 공부를 하냐고 아버지가 그래서요. 마침 남편은 막 제대하고 여기 문경 집에 있었고요. 그 집안이랑 우리 집안 양쪽 어른들끼리 얘기가 오갔대요. 우리 아들 제대해서 집에 있다, 우리 딸도 요새 집에 있다, 이래가지고 선본 다음 20일 만에 결혼 날짜 잡은 거예요. 슬아 어머니는 어떻게 결혼했나 몰라. 우리집 어른들은 막무가내야. 신랑감이 소 잡는 백정만 아니면 된다고…. (일동 폭소) 신지는 이해가 안 되겠지만 옛날에는 어른들이 하라고 하면 따랐어요.

이슬아 그럼 결혼과 동시에 농사일을 시작하신 거네요.

윤인숙   네. 시집가서 밥만 해주면 된다고 하던데, 막상 시집오니까 밥만 해서 될 일이 아니고 다른 일도 엄청 많았죠. 시어머니 시아버지도 모시고, 시할매 중풍으로 누워 계시니 그 수발을 다 했지요. 그냥 당연히 해야 하는 걸로 생각을 했지.

옆에 있던 김신지   사기 결혼이네. 아빠가 잘해야 돼 진짜.

윤인숙   애들 돌만 지나면 나는 밭에 가서 일했죠. 밭에 가서 신지랑 오빠랑 둘이 놀게끔 하고요. 나중에 애들 커서 학교 다닐 때는 애들이 돌아오기 전에 내가 편지를 써놔요. '엄마 지금 들에 가 있으니까 기다리지 마라' 뭐 이런 식으로 편지를 써서 돌멩이를 뚜들카놓고 가면은 애들이 안 기다리고 즈들끼리 잘 놀았어요.

이슬아   그때부터 편지를 쓰셨네요.

윤인숙   항상 메시지는 남기지요. 메모지 없으면 박스 안에다가 쓰기도 하고 달력 뒷장에 쓰기도 하고. 메모 남기는 건 습관이 됐어.

옆에 있던 김신지   맞네. 어렸을 때부터 너무 익숙했는데 새삼 엄마가 항상 편지를 남겼구나, 라고 지금 생각했어. 오늘 아침에도 제 남편이 먼저 서울로 떠났는데 엄마가 더 일찍 일어나서 사위한테 메모를 남겨놨어요. "혼자 보내서 마음이 아파. 건강하게 올라가게."

옆에 있던 장복희   인숙 씨 참 로맨틱하시다~

윤인숙   예전에는 신지랑 신지 오빠가 나를 기다릴까 봐 남겼죠. 어린것들 놔두고 가면 마음도 안 편하고… 그때 애들도 많이 유괴해가던 때라 누가 혹시나 데려갈까 봐 걱정되고…

옆에 있던 김신지   집이 이렇게 구석에 있는데 어떻게 애를 데려가~

윤인숙   내가 이번에 신지가 쓴 책을 읽고 참 장한 것이 어릴 때 이렇게 촌구석에서 살다가 나중에 커서 세계 일주를 한 것 자체가 기특해요. 겁이 많은 앤데 그렇게 멀리 간다고 마음먹은 용기가 대단해. 말리고 싶은 마음이 손톱만치도 없었어. 대학 때 지가 돈 벌어가지고 여행비를 마련했어요.

이슬아 신지 언니 예전에 남미 여행할 때 얘긴가?

윤인숙 응. 멀리 갔었지. 세계 여행한다고. 신지 떠났을 때 나는 더 일에 집중했어. 걱정하는 마음을 잊어버리려고. 시간 여유가 있으면 더 걱정되니까… 애가 천리만리 길을 떠났는데 어떻게 잘 있나, 괜찮을까, 이렇게 생각하기 시작하면 마음이 아프고 걱정이 끝이 없으니까 일을 막 더 열심히 하게 되는 거예요. 잊어버리려고. 너무 걱정하지 않으려고… (갑자기 인숙 씨 눈가가 촉촉해지고 울기 시작한다.)

옆에 있던 장복희 (갑자기 따라서 운다)

이슬아, 옆에 있던 김신지 (당황한다)

윤인숙 (눈물 흘리며) 마음이 참 힘들었어. 애를 멀리 보내니까 잠도 편하게 못 자. 그때의 마음을 이루 말할 수가 없어.

옆에 있던 김신지   엄마, 왜 이래!

옆에 있던 장복희   (인숙 씨 보면서 계속 운다)

옆에 있던 김신지   어머니들! 죄송해요. 다시는 해외여행
안 갈게요!

윤인숙   (눈물 닦으며 복희 씨를 바라본다) 내가 하고 싶
은 걸 다 못 하고 살았기 땜에 신지를 밀어주고 싶
었지 막고 싶진 않았어.

옆에 있던 장복희   (역시 눈물 닦으며) 딸들 다시는 멀리 가
지 마~

옆에 있던 김신지   갑자기 눈물 잔치 되어서 당황했어. 10
년 전 일인데…

윤인숙   (이때부터 쭉 복희 씨만을 바라보며 얘기한다) 신
지가 엄마 아빠 고생하는 걸 쭉 보고 자라서 그

런가 일찍 철들어서 계속 장학금 타고 학교 다녔
어요.

옆에 있던 김신지   엄마. 지금 자랑이 너무 길어.

이슬아   언니, 개입하지 마. 장학금 받고 대학 다녔는지 처
음 알았네.

윤인숙   신지한테는 돈이 안 들어갔어. 자취할 때도 친구
랑 월세 나눠 내면서 알뜰하게 열심히 살았어.

옆에 있던 김신지   알뜰한 거로 치면 슬아도 장난 아니야.

옆에 있던 장복희   우리가 딸들을 잘 키웠네.

윤인숙   암튼 신지 책 읽으면서 마음이 울컥울컥 하더
라고.

이슬아   저도 신지 언니 책 읽으면서 여러 번 울컥했어요.
그중에서도 인숙 씨께서 트럭 운전을 시작하신
얘기가 너무 좋았어요. 맨 마지막에 실린 「엄마와

운전」 있잖아요. 쉰다섯에 트럭 면허 자격증 따신 얘기요.

"엄마가 운전면허 자격증 공부를 하고 있다고 했을 때 오빠와 나는 놀랐다. 놀라기만 했으면 다행이었을테지만 "엄마가 그걸 하게?" 같은 말이나 했을 것이다. 평생 농사만 짓고 살아온 엄마가 갑자기 운전을 배울 수 있을까. 책이라곤 보지 않던 엄마가 문제집 기출 문제를 달달 외우고, 이제 와서 공간 감각을 익히기에는 너무 늦지 않나. 운 좋게 면허증을 딴다고 해도, 그토록 겁 많고 마음 약한 엄마가 험하게 운전하는 시골 사람들을 상대로 제대로 운전을 할 수나 있을까. (⋯) 우리 가족 중 누구도 엄마에게 "그러게, 난 엄마가 해낼 줄 알았어!"라고 말하지 않았다. 해낼 줄 전혀 몰랐는데 해냈다니 놀랍다는 심정으로 엄마의 운전면허 취득을 받아들였으니까. (⋯) 네 바퀴를 얻게 된 엄마는 농로를 따라 천천히 달렸고, 그 길로 오이도 납품하러 가고, 목욕탕에도 가고, 시장에도 갔다. (⋯) 그럴 때마다 나는 마음 한구석이 따끔따끔했다. 나는 왜 엄마가 이런 걸 할 수 없으리라고 생각했을까? 왜 엄마의 가능성을 내 멋대로 제한했을까? (⋯) 엄마처럼 살지 않겠다

고 말할 때, 나는 왜 늘 '엄마'라는 말의 반대인 것처럼 그 끝에 내가 생각하는 멋진 여성, 진취적이고 독립적인 여성들을 두었던 걸까?

그토록 겁 많고 걱정 많은 여자가 나를 어떻게 그 먼 곳으로 보낼 수 있었는지. 그건 엄마가 단 한 번도 내 가능성을 제한한 적이 없기 때문이다. 엄마에게 나는 늘 '할 수 있는' 사람이었다. 그게 무엇이든. (…) 10년이 지난 지금, 너무 늦은 대답을 하고 싶다. 그때의 내가 그렇게 멀리 갈 수 있었던 건 사실 엄마를 닮아서라고. 마주 오는 차가 무서워도 운전대를 잡고, 두려워도 멀리 가보려 하는 엄마 속에서 내가 나왔기 때문에 그때, 그만큼, 멀리 갈 수 있었던 거라고. 내가 물려받은 건 겁뿐만 아니라 그 겁을 이겨내는 용기이기도 하다고."

— 김신지, 『평일도 인생이니까』, 281~287쪽

윤인숙   트럭 몰 수 있게 되고 나서 내 삶이 달라졌지.

옆에 있던 장복희   완전 다르지. 운전하게 되면 자기 주도적 삶이 되는 거야.

윤인숙   (계속 복희 씨를 보며) 예전에는 목욕탕을 가도 남편이 태워다주고 태우러 와야 했어요. 시골이라 버스가 자주 없으니까요. 어디 가고 싶어도 다 남편한테 말해야 하고 번거로운 생활을 했지. 근데 이제는 완전히 내가 다 직접 가는 거야. 어른들 목욕탕도 모셔가고, 나 미장원도 가고, 장도 보고, 오이 유통도 하고…

이슬아 면허 시험 보셨을 때 긴장 많이 하셨을 것 같아요.

윤인숙 떨려서 죽는 줄 알았어. 그때 주름이 더 많이 생긴 것 같아. 떨기를 말도 못 하게 떨었지. 근데 어떡해. 내가 운전을 못 하면 발이 끊기잖아. 이제 오이를 내가 직접 갖다줘야 하잖아.

이슬아 아까 오이 하우스 앞에 오토바이도 큰 거 하나 있던데 혹시 그것도 몰고 다니시나요?

윤인숙 자동차 면허 따면서 같이 땄어요. 원래는 자전거도 못 타서 걱정했는데 먹고 살자니 몰아야겠더라고. 오토바이에 농작물 실어서 불나게 댕기는 거지. 해야겠다 하면은 악착같이 하는 성격이

에요. 내가 시어머니랑 어머니도 모시니까 지인
들이 그래요. 이왕 할거면 요양 보호사 자격증을
따라고. 그래가지고 운전면허 딴 뒤에 그 공부도
했죠.

이슬아   설마 그 자격증도 따셨나요?

윤인숙   땄죠. 차 몰고 다니면서 시험 봐서 땄어요. 해야
되겠다 싶으면 앞으로 직진하는 거야.

옆에 있던 김신지   후진을 모르는 여자야.

이슬아   남편분과 함께 일해오신 세월이 긴데요. 두 분이
서 일하실 때 척척 잘 맞으시나요?

윤인숙   안 맞아도 맞춰야지. 티격태격해서 될 일이 아니
니까요. 오이는 아기 다루듯이 다뤄야 돼요. 완전
히 사랑으로 키워야 해. 작목반 가서 느껴요. 부
부가 너무 티격태격하면 농사도 잘 안돼요. 진짜
그래.

옆에 있던 장복희　　인숙 씨네는 방울토마토도 막 실하고 난
　　　　　　　　　　　리 났던데요!

옆에 있던 김신지　　내 생각보다 엄마 아빠가 금슬이 좋은
　　　　　　　　　　　가 봐.

이슬아　　두 분이 제일 가까운 친구여야 할 것 같아요. 이렇
　　　　　게 벗처럼 맨날 같이 일하려면.

윤인숙　　오이는 내가 돌보고 싶을 때 돌보는 기 아이라. 오
　　　　　이 상태를 보고 야가 뭔가 부족하다 싶으면 그때
　　　　　그때 잘 챙겨줘야 돼요. 부부끼리 티격태격하며
　　　　　일하는 사람들은 오이 한다고 대충 걸쳐놓기만
　　　　　한 거지 수확은 없어요. 남자가 노는 거 좋아하면
　　　　　여자 혼자 다 하게끔 놔두고 가요. 그럼 농사 수확
　　　　　량이 영 적어요. 아침에 둘이 밭에 앉아서 커피 한
　　　　　잔 하고 일 시작해야죠.

이슬아　　좋다. 바쁜 와중에도 아침에 커피 한 잔 하실 여유
　　　　　는 챙기시나 봐요.

윤인숙 신지 아빠가 커피를 좋아해요. 궁디 딱 붙이고 수다 떨 시간이 없어서 그렇지 커피 할 시간은 있어요. 그런 시간 없이는 못 살지 또. 너무 각박하잖아.

이슬아 81년도에 농사 시작하셨다고 하셨지요. 그럼 지금까지 40년을 지으신 거네요.

윤인숙 그렇지… 앞으로 40년을 또 살 수 있을라나 싶은 생각이 들 정도로 긴 세월이 흘렀어. 40년 전에는 특수작물로 농사를 시작했어요.

이슬아 특수작물이 뭐죠?

윤인숙 나도 첨엔 모르고 시집을 왔어. 와서 보니까 담배 농사야. 담배 농사가 엄청 힘들었죠. 담배 수확하고 나면 그사이에 가을 김장배추를 또 심어요. 담배밭 사이 빈 땅에 심는 거야. 땅을 최대한 이용해야 하니까. (앞마당을 둘러보며) 이제 앞으로는 참깨가 자랄 텐데, 참깨꽃 필 무렵에는 또 들깨를 심어요. 참깨 사이에 들깨를 하는 거지. 참깨가 끝날 무렵에 들깨가 '이제 내 차례야' 이카면서 나오는 기야. 참깨 하던 땅을 참깨로만 끝내지 않고 들깨 땅으로도 이어서 쓰지요. 벼농사만 한 번을 하지, 밭작물은 한 해에 두 번씩 빼먹어요. 고추밭에도 좀 이따가 배추를 심을 수도 있고요.

이슬아 결혼하시기 전부터 농사일을 할 줄 아셨나요?

윤인숙 전혀 몰랐지. 어렸을 때 상주에서 지낼 때는 내 위에 언니 있지, 오빠 있지, 어른들도 계시지, 이렇게 전혀 일 안 하고 밥도 한 번 안 해보고 시집갔죠. 그냥 공부를 못했던 게 아쉬워서 커서 조금 더 해볼라고 했더니만 아버지가 딱 잘랐어.

이슬아 무슨 공부를 특히 하고 싶으셨어요?

윤인숙 한문을 알면 좀 유식하다고 하잖아요. 그래서 천자문을 뗐죠. 공부를 해보니까 하면 할수록 더 하고 싶은 기라. 몰랐던 걸 알았을 때의 자부심, 자랑스러움, 이런 게 복받쳐 오르더라고. 더 배우고 싶었지. 야학 다녀서 고졸이라도 하고 싶다고 했는데 집에서는 나보고 나이 꽉 찼는데 무슨 공부냐고 시집이나 가라고 해. 그렇게 지금까지 산 거죠.

이슬아 40년간 농사지어 오시면서 정말 많은 변수가 있었을 것 같아요. 날씨의 영향도 계속 받잖아요.

윤인숙 농사짓는 사람은 일기예보에 되게 민감해. 항상 일기예보를 주목해서 듣고, 비가 온다 하면은 먼저 할 일과 나중에 할 일 차례를 탁탁 정하죠. 날씨에 따라 일의 순서가 달라져. 올해는 생각도 안 한 비가 너무 많이 와가지고 깨를 세 번 다시 심어야 됐어. 비가 너무 많이 오면 물러서 죽거든. 손으로 심어놓은 거는 심고 나서 위에 모래를 조금 얹어놔가 비가 많이 와도 씨앗하고 흙이 탁 붙지를 않아요. 근데 기계로 심은 거는 씨앗하고 흙하고 탁 붙어버려 가지고 씨앗이 힘을 못 써. 씨앗이 숨을 못 쉬어. 그래서 기계로 한 참깨가 다 죽어버린 거야. 근데 또 고추는 잘됐어. 보통 4월엔 가무니까 고추 물 주느라 고생이거든. 이번엔 비가 많이 와서 고추 키가 엄청나게 컸지. 여러 작물을 동시에 하니까 날씨 때문에 한 해 농사가 다 망하거나 하지는 않고, 어떤 건 잘되고 어떤 건 안되고 그러지요.

이슬아 해가 갈수록 더워지고 있다는 게 실감나시나요? 농사지으시면서 기후 위기를 실감하시는지 궁금해요.

윤인숙 느끼지요. 오이가 저래 죽기도 올해 또 처음이거든. 날씨가 더워져서 그래. 원래 6월 말까지는 오이를 딸 수 있었어요. 근데 지난 4, 5월쯤 팍 더웠던 날부터 하나둘 자꾸 죽더라고. 농사는 날씨에 되게 민감하죠.

이슬아 절기도 다 챙기실 것 같아요.

윤인숙 절기는 필히 챙겨야지. 어느 시기에 씨앗을 넣는지 절기마다 순서가 다 있잖아. 근데 기후가 변하고 있어가지고 이제 조금 당겨 심어야 해. 보름 정도 앞당겨서 심어요. 예전에 신지 어릴 적에 담배 농사할 때는 5일 정도 앞당겨 심었는데 이제는 보름 앞당겨 심는 건 기본이야. 지구 변화에 따라 좀 일찍 하는 거야. 옛날식으로 절기 맞춰서 하면 조금 늦은 감이 있더라고.

이슬아 수확이 마음처럼 안 된 적도 많으셨을 것 같아요.

윤인숙 한번은 오이 농사를 짓다가 하우스에 불이 났어요. 아들 결혼 날짜 받아놨을 때였으니 돈에 구애를 많이 받았죠. 10월에 심은 오이를 12월 초부터 따서 청과로 가져가면 돈을 금방 받을 수 있거든요. 근데 12월 10일엔가 불이 났을 거야. 오이들이 한창 조롱조롱 달려있는데 거기에 불이 났으니, 마음이 아프고 쓰리기가 이루 말할 수가 없어. 그때 마침 하우스에 오이 덮는 이불도 싹 갈고 새로 맞춘 참이었거든. 겨울에 오이 춥지 말라고 위에 씌우는 이불보가 있는데 그게 다 낡았어서 교체한 거야. 새로운 기분으로 할라고. 그런데 불이 나서 새 이불까지 죄다 타버렸지. 그러니까 내가 일어날 수가 없고, 아무 생각도 안 나고, 힘이 없어. 어떻게 살아야 하나 막막해가지고 누워 있으니까 이웃 사람들이 찾아와요. 시청에서도 사람들이 찾아오셔서 용기 잃지 말고 힘내라고 해요.

옆에 있던 김신지　　그때 주변에서 되게 많이 도와주셨어.

윤인숙　　시에서는 금전적으로도 좀 도와주시고, 이웃분들은 물건을 돈 안 받고 주시고, 면 소재의 산불 조심 아저씨들은 산에서 업무 안 하고 우리집 와서 하우스 복구 작업을 해줬어요. 하우스 쇠 골조에 비닐 탄 게 다 들러붙었거든. 그 아저씨들이 거기 붙은 그을음을 다 긁은 거야. 하우스 위에 올라가서 일일이 낫으로 제거해주셨어. 이불 맞춰준 회사에서도 복구 작업을 해주시고… 다들 십시일반으로 자기가 해줄 수 있는 걸 도와주시더라고.

옆에 있던 장복희　　인숙 씨께서 그동안 잘 사신 거지.

윤인숙　　사람들이 찾아와서 금일봉 쥐여주면서 용기 잃지 말라고, 절대 용기 잃지 말라고 말하니까 내가 누워있을 수가 없어.

이슬아　　용기 잃지 말라는 말에 왜 이렇게 눈물이 나는지 모르겠어요.

윤인숙   내가 신지한테 맨날 그래. 주는 게 주는 것이 아니라고. 주는 게 받는 것이라고 생각하고 자꾸 베풀라고. 금을 쥐고 있다고 해도 영원히 내 거는 아닌 기야. 불난 일 겪고 나서는 나도 자꾸 더 베풀고 싶어져.

이슬아   인숙이라는 이름의 뜻이 궁금해져요.

윤인숙   예전에 아버지가 말씀하시길 '어질 인' 자에 '맑을 숙' 자라고 하시더라고요.

이슬아   제가 신지 언니 책 읽으며 너무 놀랐던 부분이 또 있어요. 스트레스에 관한 인숙 씨의 대사였죠.

어느 날 퇴근길의 버스에서 인숙 씨의 전화를 받았다.
"딸. 어디."
"버스. 이제 집에 가."
"아홉 시 넘었는데 인제 퇴근했나?"
"어. 야근했어."

"목소리에 기운이 없네"

"저녁도 못 먹었어. 요새 일이 너무 많아. 아, 스트레스
받아…"

"어마야. 니 스트레스를 왜 받나. 그거 안 받을라 하믄
안 받제."

"…"

아니 무슨 스트레스가 전화인가. 안 받을라 하믄 안
받게.

— 김신지, 『평일도 인생이니까』, 17쪽

윤인숙   감정이 올라올 때도 있지만 빨리빨리 잊어버리려
고 해. 스트레스를 안고 꿍해있으면 나 자신이 너
무 상해버리잖아. 새 마음을 먹는 거지. 자꾸자꾸
새 마음으로 하는 거야.

이슬아   새 마음…

윤인숙   식물한테도 새 마음으로 최선을 다해. 돈이라 생
각하고 일하기보다는 사랑으로 키우는 거지. 키
우는 과정도 솔직히 예뻐. 키우는 중에 내가 만약
'키워도 야가 돈이 안 되면 어카지' 하면 갸가 잘

자라겠어? 크는 단계에서는 식물이나 동물이나 똑같아요. 모든 것을 사랑으로, 사랑으로 키워야 돼. 스트레스도 잠깐만 받고 금세 잊어버리고 자꾸 새 출발해야 해.

이슬아　인숙 씨는 언제 한가하신가요?

윤인숙　오이 끝나고 7, 8, 9월 동안 그나마 덜 바빠요. 10월부터는 또 오이 해야 하니까. 오이 하는 시기에는 매일 따야 되니까 꼼짝도 못하고 여행은 꿈도 못 꾸죠. 그래서 신지가 여름에 잠깐이라도 시간 내서 여행하자고 하지. 가끔은 아들네 손주들이 우리집에 놀러 오기도 해요. 여섯 살, 일곱 살인데 여기 오면 신나게 뛰댕겨. "할머니, 여기 뛰어도 괜찮죠?" 하고 물어봐. 만약 둘이 물건 하나 두고 서로 가지려고 싸우면 나는 꼭 가위바위보로 정하라고 해.

이슬아　몸도 계속 변하고 계실 텐데요. 어디 아프시거나 불편하신 곳은 없으세요?

윤인숙 눈이 어두워졌어. 잘 안 보여가지고 병원에 갔지. 약을 먹고 나으려고. 그런데 의사가 그래. "노안입니다." 약이 있으면 의지도 되고 희망도 있는데 정답이 노안 인기야. (웃음) 와, 슬프더라고. 주름 생기는 건 그런가 보다 하겠는데 노안은 정말 아쉬워. 어쩔 수 없이 스마트폰 글자 크기를 완전히 크게 해놨어. 안 보이니까. 예전에 젊어서 눈이 좋을 때는 어른들이 글자를 멀리 놓고 보면 '안 보일수록 가까이 가져다 놓고 봐야지, 멀리 놓으면 더 안 보일 텐데' 싶었지. 근데 웬걸, 내가 늙어보니까 뭐든지 멀리 놓고 보게 돼.

우리가 마당에 앉아 이야기를 나누는 사이 중천에 있던 해가 어느새 산 위로 넘어가고 있었다. 바람도 선선해졌다. 인숙 씨와 신지 언니가 밥을 차리러 부엌에 갔다. 복희 씨랑 나는 산양면의 공기를 들이마시고 내쉬며 마당을 구경했다. 집 주변으로 분홍색 낮달맞이꽃이 잔뜩 피어있었다. 버섯과 오이와 온갖 채소와 나무와 닭과 개뿐 아니라 꽃들마저도 잘 자라는 곳이었다.

문득 '그린 핑거스'라는 말을 떠올렸다. '식물 재배의 재능'이란 뜻이다. 어수선한 시절에 만난 인숙 씨에게서 단순하고 명징한 진리들을 잔뜩 배운 느낌이었다. 무엇보다 땅을 기억하게 되었다. 도시에서 음식을 사 먹거나 배달시켜 먹는 동안에는 땅이 무엇인지 잊기 일쑤였다. 땅이 우리에게 얼마나 끊임없는 생명력을 베푸는지, 인숙 씨의 논과 밭을 바라보며 생각했다. 땅을 잊지 말자고. 농부님들의 일을 더 자주 기억하자고. 불안정하고 예측 불가한 시대에는 더더욱.

얼마 지나지 않아 인숙 씨가 저녁상을 내오셨다. 표고버섯 밥과 온갖 나물과 장아찌와 부침개로 식탁이 꽉 찼다. 먹는 동시에 치유되는 것 같은 저녁이었다. 다섯 명의 여자가 배불리 먹었는데도 솥 안에는 버섯 밥이 아직도 많이 남아있었다.

옆에 있던 김신지   엄마. 밥을 왜 이렇게 많이 했어?

윤인숙   많이 해야지. 혹시 누가 지나가면 불러야 되잖아. 식사하고 가시라고. 아는 아지매가 우연히 지나가는데 우리 먹을 밥만 있으면 안 되잖아. 그래가지고 밥은 항상 넉넉하게 해. 나는 혼자 살아보지를 않았으니까. 평소에도 손님이 올지 모른다고 생각하고 밑반찬을 기본적으로 해놔요. 갑자기 오시면 봄나물 뜯고 상추 뜯고 배추 송송 썰고 해가지고 된장 끓이면 돼.

옆에 있던 장복희   항상 다른 사람 몫을 준비해두시는구나.

윤인숙   김장도 처음엔 조금만 해야지 싶으면서도, 한 통 더 해서 누구를 좀 줘야지 싶지. 조금 하고 안 나눠줘야지 하는 생각은 안 들어. 내가 불났을 때 사람들이 많이 와서 자기 힘을 나눠줬잖아. 그때 알았어. 사람은 혼자가 아니구나. 사람은 혼자 살 수 없어. 혼자가 아니야.

문경의 가파른 산세를 바라보며 서울로 돌아왔다. 지나가던 새도 쉬어갈 만큼 험한 산비탈이었다. 그 산자락 아래에 사는 여러 사람 중 우리는 윤인숙이라는 여자를 알게 되었다. 운전하던 복희 씨가 중얼거렸다. "나는 아직도 멀었어." 인숙 씨를 생각하다가 절로 나온 혼잣말이었을 것이다. 복희 씨를 따라잡는 것도 내겐 아득한데, 복희 씨는 인숙 씨를 보며 자신이 아직도 멀었다고 생각하는 것이다. 뒷좌석엔 오이와 표고버섯 두 상자가 실려있었다. 인숙 씨께서 바리바리 싸주신 선물이었다. 상자 위에는 어김없이 매직으로 쓴 짧은 편지가 적혀 있었다. 인터뷰하고 논밭을 돌고 저녁을 차리고 치우는 와중에 언제 그것을 다 챙기고 쓰셨는지.

표고버섯 한 상자에서 시작된 이야기가 어느새 여기까지 왔다. 이것은 인숙 씨의 버섯이 내 마음에 쏘아 올린 이야기. 땅 밑에서 땅 위로, 참나무 속에서 참나무 밖으로, 문경에서 전국으로 퍼져온 이야기. 인숙 씨의 근육 많은 두 손을 거쳐온 이야기. 내 입으로 들어오는 한 송이의 버섯을 되감기 하며 따라갔을 뿐인데 이렇게 많은 이야기를 만났다.

신지 언니의 문장에 따르면 인숙 씨는 TV에 조금만 슬픈 뉴스가 나와도 금세 눈물을 훔치고 조금만 험한 뉴스가 나와도 그날 밤 바로 악몽에 시달린다. 공포 영화 같은 건 전혀 보지 못하며, 딸이 세계 일주를 떠나서 걱정했던 10년 전 이야기를 어제 일처럼 말하며 운다.

동시에 인숙 씨는 오십 대 중반에 면허를 따서 트럭과 오토바이를 모는 사람이다. 환갑이 지난 지금도 직접 운전해서 작물들을 유통하고, 혹시 올지 모르는 손님을 위해 밥을 넉넉히 짓는다. 오이 하우스가 모두 불타버린 해에도 자리에서 일어나 그 땅에 새로운 씨앗을 심는 사람이기도 하다. 새 마음으로, 새 마음으로.

인숙 씨는 자꾸자꾸 새 마음을 먹으며 살아야 한다고 말했다. 나는 새 마음, 새 마음, 하고 속으로 되뇌인다. 약한 게 뭘까. 강한 게 뭘까. 인숙 씨를 보며 나는 처음부터 다시 생각한다. 인숙 씨의 몸과 마음은 내가 언제나 찾아나서는 사랑과 용기로 가득하다. 그에게서 흘러넘쳐 땅으로 씨앗으로 뿌리로 줄기로 이파리로 열매로 신지 언니에게로 나에게로 전해진다.

인숙 씨는 용기투성이다. 나는 인숙 씨처럼 강해지기를 소망하며 살아갈 것이다.

사진: 곽소진
녹취록 작성: 김도연

아파트 청소 노동자 이존자, 장병찬

2020.06.19.

이존자, 장병찬 인터뷰

나를 살리는 당신

1900년대 초중반에 태어난 여자아이에게는 자(子)로 끝나는 이름을 지어주는 경우가 흔했다. 향자, 미자, 순자, 혜자, 명자, 숙자, 희자… 그중에서도 유독 강렬한 우리 외할머니 이름은 '존자'다. 있을 존(存)과 아들 자(子). 태어나보니 아들이 아니어서 붙여진 이름이다. 자기가 아닌 다음 남자아이를 희망하는 이름으로 평생 살아온 존자 씨의 기구함에 대해 나는 종종 생각한다. 막상 존자 씨는 웃으며 이렇게 말할 것 같다. "이제 와서 워쩔겨~ 뭘 그런 걸 가지구 그랴. 시방 코앞에 할 일이 태산인디~"

1948년생 이존자 씨의 집에는 문틀에도 먼지 하나 없다. 존자 씨는 밥 먹듯이 걸레질과 행주질을 하는 사람이

다. 존자 씨가 널어 말린 빨래는 다림질이 필요 없다. 존자 씨의 딸인 우리 엄마 복희 씨도 그렇게까지 완벽하게 빨래를 널지는 못한다. 존자 씨네 찬장 속 접시들 사이에는 얇은 종이가 두겹으로 끼워져있다. 한번 산 그릇을 오랫동안 기스 내지 않고 쓰기 위해서다. 모든 일을 빠르고 깔끔하게 하느라 존자 씨는 손도 발도 눈도 바쁘다. 그는 늘상 서두르며 지낸다.

한편 존자 씨의 남편인 1947년생 장병찬 씨는 웬만해선 서두르지 않는다. 느긋하고 너그러운 그의 이름은 밝을 병(炳)과 도울 찬(贊)으로 이루어져있다. 나는 초등학생 때 병찬 씨에게서 올바른 젓가락질법을 배웠다. 갑자기 소나기가 쏟아지던 어느 하굣길에 병찬 씨가 태평한 얼굴로 오토바이를 몰고 나를 데리러 오기도 했다. 그는 무언가를 조종하거나 수리하는 일에 익숙하다. 도구와 장비와 악기를 친구처럼 다루며 살아왔으니까. 존자 씨가 쓸고 닦고 치우며 필요한 것만 남기는 미니멀리스트라면 병찬 씨는 언제 쓸지 모르는 각종 물건들을 빽빽하게 쌓아두는 맥시멀리스트다. 그래서 그들의 집은 깨끗한 구석과 너저분한 구석이 뒤섞여있다.

몇 년 만에 찾아간 그 집에서는 흘러간 유행가가 재생되고 있었다. 병찬 씨가 자신의 노트북에 커다란 앰프를 연결해서 틀어놓은 듯했다. 현관에서 마당을 향해 쏘는 음악, 그러니까 방문객을 맞이하는 음악이었다. 지방의 어르신이 운영하는 카페 같았다. 먼 길 온 손녀를 위해 낭만적인 병찬 씨가 조성한 분위기다. 한편 존자 씨는 옆에서 핀잔을 준다.

"노래는 왜 튼겨? 정신 사나워유."

그러자 병찬 씨가 음악의 볼륨을 살짝 줄인다. 존자 씨는 분주히 움직이며 동그란 식탁에 점심을 내온다. 여러 나물들과 김치와 찌개와 밥과 쌈채소로 상이 꽉 찼다. 나는 그 밥을 천천히 맛있게 먹는다. 존자 씨가 몇 번을 말한다. "아가 많이 먹어라, 이? 우래기 많이 먹어." 곧 있으면 나도 서른인데 존자 씨는 단호하게 나를 아기라고 호명한다. 쉰네 살의 복희 씨마저도 존자 씨에게는 별수 없이 그렇게 불린다. 밥그릇을 급하게 비운 존자 씨가 갑자기 인상을 쓰고 나에게 묻는다.

"근디 뭔 할무니 할아부지를 인터뷰한다고 그러냐. 우리는 아무것도 모르는 멍청이여~!"

멍청이라는 말에 나는 바람 빠진 풍선처럼 웃는다. 존자 씨는 어느새 토마토와 참외를 포크에 찍어서 내게 건네고 있다.

이존자 안 그냐? 우리가 뭐 한 게 있간디.

이슬아 할머니가 한 일 너무너무 많죠. 일단 제가 할머니 김치 때문에 살잖아요. 매년 김장해주시니까. 얼마 전에도 평소처럼 집에서 김치를 먹는데 너무 맛있는 거예요. 게다가 다 할머니가 밭에 심어서 키운 걸로 담근 거니까. 배추, 고추, 무, 쪽파, 대파, 양파, 마늘, 갓…

이존자 아가, 그거는 아무것도 아녀. 할무니가 그런 거밖에 못항께 그냥 해주는 거지.

이슬아 저는 운이 진짜 좋은 것 같아요. 할머니가 직접 키운 채소로 만든 김치를 매년 얻어먹고. 근데 김장 때 한 번도 안 도와드린 게 새삼 미안해가지고…

이존자 워메 뭔 소리여~ 우래기는 그냥 먹기만 하면 댜~ 우래기는 글 쓰고 신문에 나구 하느라 바빠야~

이슬아 글 쓰는 것보다 김장이 훨씬 힘들잖아요. 게다가 할머니는 아파트 청소일 다니시면서 농사도 지으니까 얼마나 바쁘실까 싶어요. 아파트 청소 언제부터 하셨더라.

이존자 2008년도에 시작해서 지금까지 햐. 시방 11년인가 됐지.

이슬아 출근해서 할머니가 하시는 일을 자세히 말씀해주실 수 있으세요?

이존자 말하자면 20층짜리 아파트 계단이랑 복도를 죄다 닦는 거여. 빠께쓰에 빗자루랑 마포걸레랑 유리걸레랑 세척제랑 담아가지고 옥상으로 올라가. 거기서부터 한 층씩 내려오며 지하까지 쓸고 닦는겨.

이슬아 그것만 해도 한나절이 가겠어요.

이존자 한 번 하는 게 아녀. 그 청소를 하기 전에 뭐부터 하냐면 옥상부터 지하까지 쭉 돌며 스티카랑 전단지를 싹 떼야 댜. 현관문에 홍보물을 많이 붙여

놓으니께. 그다음에는 에리베이타에 누가 뭐 쏟아놓지 않았나 살피고, 지저분한 것 있으면 치우고 닦고 하는 거지. 아침 일찍 갔다가 4시에 퇴근햐.

이슬아　몇 년 전까지 할아버지가 많이 편찮으셨잖아요. 할머니 혼자서 출퇴근하고 살림하시려니까 너무 힘드셨을 것 같아요.

이존자　집에서 버스 정류장까지 멀자녀. 왕언니 식당 있는 정류장까지 먼 길을 혼자 걸어다니려니까 힘들었지. (존자 씨 눈가에 눈물이 그렁그렁 고인다) 할아버지가 아프셔서 못 하니까 밭도 혼자 매고… 퇴근하면 밭에 풀이 안 보일 때까지 일하는 겨. 그러다 해 질 때 되면 할아버지랑 밥해 먹고. 나중에 할아버지 몸 나으신 다음부터는 같이 일했어. 힘들다고는 생각 안 한 것이, 옛날에는 하고 싶어도 못 했자녀. 농사 지을 땅도 없고 돈 벌 자리도 마땅치가 않았응께. 지금은 내 몸만 허락하면 일을 할 수가 있자녀. 그게 행복한겨. 내가 할 수 있는 일이 있다는 게.

장병찬 나도 일하면서 위안을 많이 받았어. 다른 잡념이 없어지자녀. 일하는 게 심신 단련하는 효과가 있는겨.

이슬아 할아버지도 편찮으시기 전에 아파트에서 일하셨죠.

장병찬 그랬지. 경비원으로 취직을 했더니 윗사람들 텃세가 세. 지내기가 상당히 어려웠지. 그런데 내가 하도 열심히 해서 삼 개월 만에 반장이 된겨. 그럼 윗사람 눈치는 안 봐도 되지만 몇 배로 더 열심히 일해야 댜. 반장이 모범을 보여야만이 아랫사람들이 따르자녀. 출근하면 남덜보다 일을 더 고되게 했지.

이존자 할아버지는 금방 반장이 되셨지만 나는 최고 고참인데도 반장을 못 했어. 글을 배웠으면 벌써 반장을 했겠지. 반장은 월급도 좀 더 받아. 근데 내가 국민학교 교문도 못 갔자녀. 글을 못 배웠으니까 몸으로 때우는 거여. 못 배우면 못 배운대로 성실해야 어디서 계속 써줄 거 아녀. 옛날에는 먹고 살기 힘드니까 학교에 많이들 못 갔어. 그렇게 시집을 일찍 간겨. 입이라도 하나 더 덜라고 딸들을 시집보낸 거지. 그래가지고 열아홉 살에 할아버지를 만난 거야.

장병찬　그때는 연애를 마음대로 하는 시절이 아녔어. 어른들이 서로 합의하면 우리는 그냥 따르는 거야. 나는 공주 사람이고 할머니는 논산 사람인디 우리 처음 만난 데가 저기 충청도 계룡산이여.

이슬아　계룡산!

장병찬　응. 계룡산 산줄기에 단군 할아버지 사당이 있거든. 그 아래에서 우리가 어른들이랑 처음으로 식사를 했어. 할머니는 외갈래 머리에 치마저고리 입고 나왔지. 우리 어머니가 당시 예비 며느리였던 너희 할머니헌티 심부름을 하나 시켰어. 냉수 한 그릇만 떠달라고. 당시에는 어른 앞에서 물을 따르면 예의에 어긋난다는 암묵적인 규칙이 있었어. 너희 할머니가 심부름을 받고 어떻게 하셨냐면, 부엌에 가서 조용히 혼자 컵에 물을 따라. 그

컵을 컵 받침 위에 받쳐. 그걸 또 쟁반 위에 올려서 조심히 가져와. 그 모습을 보고 우리 어머니가 마음에 드셨나 봐. 내 무릎을 툭툭 쳐. 이제 단둘이 이야기하고 오래. 말하자면 청혼을 하라는 거여. 그래서 둘이 밖으로 나갔지.

이슬아 나가서 두 분이 무슨 얘길 했어요?

장병찬 나가니까 산이지 뭐. 길이라고는 사당으로 올라가는 산길밖에 없어. 할머니가 먼저 앞서 걷더라고. 나도 따라 걸었지. 처음엔 할머니를 뒤따라 걸었는데 난 남자니께 보폭이 넓자녀. 그래서 내가 할머니를 추월해가지고 앞서 걷게 되더라고. 그렇게 계속 아무 말도 안 하고 둘이 걸었지. 할말이 없으니께. 근데 갑자기 내 등에 손이 닿는 게 느껴져. 깜짝 놀랐지. 뒤돌아보니까 할머니 손이야. 당시에는 산에 송충이가 많았거든. 내 등에 송충이 한 마리가 붙었나봐. 할머니가 그걸 보고 떼어내 준 거지. 그렇게 송충이를 떼고 둘이 말없이 계속 걸었어.

이존자   서로 뭔 할 말이 있었어~ 어르신들이 빨리 가라
고 하니까 가는 거지. 시집가면 밥은 덜 굶겠다 싶
고.

이슬아   당시 할머니 눈에 할아버지는 어때 보였어요?

이존자   남자가 좀 약하게 생겼더라고.

장병찬   내가 그때 한 57킬로그램이었응께… 암튼 걷다
보니까 사당에 도착했어. 안에 들어가니까 조용
해. 단군 할아버지 탱화가 크게 걸려있고 돗자리
가 하나 깔려있고 방석도 하나 있어. 우린 두 명인
데 방석은 딱 하나야. 할머니가 나 앉으라고 방석
을 밀어주더라고. 근데 나만 앉기도 뭐하자녀. 그
래 가지고 방석을 비워두고 우리 둘 다 바닥에 앉
았지. 방석을 마치 식탁처럼 사이에 두고 나란히
앉은 거야. 그때부터 얘기를 해야 하는데 아니 무
슨 말을 할지 모르겄어.

이슬아   두 분이 열여덟, 열아홉 살쯤이었죠?

장병찬 그랬지. 일단 나는 우리 집 형편이 어렵다고 솔직하게 얘기해야 될 것 같았어. 그래서 이렇게 말했지. "나한테 시집을 오면 조밥을 잡수실 거예요."

이슬아 조밥이요?

이존자 아가, 잔잔한 좁쌀 있자녀. 옛날에 가난한 사람들은 그걸로 지은 밥만 먹었거든.

이슬아 청혼 멘트 빡세다. 조밥을 잡수시게 될 거라니…

장병찬 그랬더니 할머니가 뭐라고 대답했는지 아냐? 그 말은 난 지금도 생생햐.

이슬아 뭐라고 하셨어요?

이존자 내가 뭐라고 했는디?

장병찬 "밥사발에도 눈물이 있고 죽사발에도 웃음이 있으니, 죽을 먹어도 웃을 수 있다면 살겠다"라고 말하는 거야. 내가 열아홉에 할머니헌티 그 말을 듣고 감동을 받아버린겨. 비록 죽을 먹으며 가난하게 산대도 마음만 맞으면 살겠다는 거자녀. 아무리 배운 사람도 그런 말은 쉽게 못햐. 그때부터 내가 할머니만을 생각하게 되었던 거지.

이슬아 할머니는 어떻게 그 말을 하셨어요?

이존자 몰라. 기억도 안 나. 암것도 모르고 결혼했어.

이슬아 곧 아기를 낳고 엄마가 될 거라는 것도 모르셨어요?

이존자 철없어서 그런 생각도 하덜 않았어. 아가, 내가 맨 처음에 월경했을 때가 열일곱 살 때인디 그게 뭔지도 몰랐어. 어느 날 아래에서 피가 나오는디 이상해. 닦았는데도 계속 나와. 그래서 언니한테 물어봤지. "언니, 나 여기 다치지도 않았는데 왜 이럴까?" 그랬더니 언니가 기저귀를 채워주더라고. 여자는 나이가 차면 이런 거랴. 옛날에는 소창이라고 긴 천을 몇번 접어서 고무줄로 감아서 생리대로 썼어. 그런지 얼마 안 돼서 할아버지랑 결혼하고 살다가 애기가 생긴 거지.

이슬아   결혼해보니까 어떠셨어요?

이존자   해보니까, 안 한 것만 못햐.

이슬아   (웃는다)

이존자   할아버지가 너무 생활력이 없었어. 모셔야 할 어른도 많고 마음고생 많이 했지.

장병찬   게다가 임신도 바로 했으니 할머니가 힘드셨지.

이슬아   그 애기가 복희?

이존자   그렇지. 애기가 애기를 낳은겨.

이슬아   복희는 어떤 아이였어요?

이존자   예쁘고 착했지. 할머니 사랑이랑 동네 사람들 사랑도 많이 받았어.

이슬아   그 시절에 정말로 조밥을 먹으며 지냈나요?

이존자   그랬지. 메조밥을 먹었어. 차조는 그나마 맛있는 데 메조는 먹기가 영 어려워.

장병찬   그래도 메조가 처음엔 먹기 나쁜데 자꾸 먹을 수록 고소해지는 게 있어.

이존자   돈은 당시 우리 시어머니가 굿해서 벌어오셨지. 무당 일로 우리 식구 다 먹여 살린 거야.

이슬아   고순남 할머니 말씀하시는 거죠? 저희 외증조 할머니요.

이존자   응. 대단하신 분이셨어. 아들이랑 며느리뿐 아니라 손자 손녀까지 부양하신겨. 대장부였어.

이슬아   고순남 할머니 남편은 이때 뭐하고 계셨던 거예요?

이존자   당시 우리 시아버지는 골동품 감정을 할 줄 아는 분이었어. 그 일을 하려면 집에 안 계시고 바깥을 허구헌 날 돌아다녀야 되거든. 한마디로 난봉꾼 이셨지.

이슬아   하하하하

이존자   아가, 남자가 돌아댕기면서 돈을 번다는 게 그렇자녀. 그래서 고순남 할머니가 고생을 많이 하셨지. 고생은 우리 애들도 많이 했어. 복희랑 동생들이 자주 굶었지. 먹을 게 없응께.

장병찬   그러다 복희 중학생 때쯤 우리가 다 서울로 왔어. 집도 절도 없이 도망쳐온 거여. 서울 와서 맨 처음에 한 일이 쓰레빠 공장 나간 거였어. 그때 월급이 7,000원이었어.

이존자   나는 막내를 등에 업고 거기 일하러 나갔지, 할아버지랑.

장병찬   근데 한 달 7,000원으로는 생활이 너무 어려워서 건축 노가다 쪽으로 일을 옮겼어. 우리 둘이 노가

다 일을 몇 년이나 했지.

이존자 당시 서울에 전체적으로다가 연립주택이 많이 생
길 때였거든, 아가. 삼층짜리를 많이 지었어. 그
거 짓는 현장에 일하러 다닌 거지. 집을 많이 지
으니까 현장에 사람이 모자라서 여자들도 현장에
나왔지. 시멘트 짊어지고 나르는 일이었어.

장병찬 모래하고 시멘트 섞은 게 한 포대에 40킬로 정도
되거든? 할머니가 당시 삼십 대 후반이셨는데 그
걸 두 포대씩 지고 계단을 오르내리셨어.

이슬아 세상에, 80킬로를 지고 다니셨다고요?

이존자 그랬지. 내가 정신력이 강했어. 그렇게 독하게 벌
었어도 복희를 대학에 못 보낸겨. 노가다 일 다음
으로는 여관 청소일도 오래 했지.

이슬아 어떤 사람들이 다녀가는 곳이었어요?

이존자 고급 여관은 아니었는디, 부부가 오는 곳은 아니

고 인자 서로 연애하는 연인들이 왔지.

이슬아   사랑하는 사람들이 많이 왔겠네요.

이존자   그람, 그람.

이슬아   지저분한 것도 많이 보셨을 것 같아요.

이존자   쓰레기통 보면 이상한 것도 많았어. 내가 못 배웠응께 깨우침이 좀 느리자녀. 쓰레기통에 자꾸 풍선이 있길래 치우다가 여관 사장님헌티 물어봤지. "이 풍선이 뭐예유?"

이슬아   (웃으면서 쓰러진다)

이존자   그랬더니 사장님이 하루 와서 잠깐 사랑하는 사람들이 쓰는 거랴. 당시 우리는 콘돔이라는 게 있다는 건 알았지만 본 적도 없고 써본 적도 없응께 몰랐지.

이슬아   할머니가 여관 청소 다니실 때 이때 할아버지는

무슨 일을 하셨어요?

장병찬   나는 노가다 몇 년 하다가 그만두고 자동차 부속 상가에서 경비원 생활을 했어. 성실히 일했지. 그러다 무슨 일이 있었냐면은, 우리 집이 가난하니까 집에 책꽂이가 없잖아. 근데 복희가 고등학교 때 공부를 열심히 하니까 책을 수납할 데가 필요하더라고. 책꽂이를 사려면 비싸자녀. 내가 과일 박스를 옆으로 제껴서 만들어주려고 했지. 그래서 박스를 좀 구해야 되는데 상가에 보면 빈 박스들이 쌓여있거든. 다들 퇴근하고 돌아간 밤이니까 일단 급함께 석 장을 가져와서 쓰고 다음 날 아침에 그 가게 주인한테 박스 값을 주려고 했어. 내가 쓴 만큼 값을 치르려고 한 거지. 근데 그 박스 석 장을 들고 나오다가 그만 상가 부회장이랑 딱 마주친겨. 부회장이 나한테 그래. 도둑을 지키라고 경비를 놨는데 경비가 도둑질을 한다고…

이존자   그때는 박스가 귀했어, 아가.

장병찬   그래서 불미스러운 사건이 되어버린 거야. 나중에는 도둑놈이라고 상가에 말이 돌았어. 다른 사람들은 모르자녀. 내가 이게 얼마나 절실하게 필요했는지. 그리고 다음 날 아침에 박스 값을 진짜로 내려고 했다는 것도 모르자녀. 사정을 다 얘기해봤는데도 안 통햐. 그래서 결국 시말서를 쓰고 나왔지. 한 마디로 박스 석 장에 모가지가 날라간겨.

이슬아 너무 후회하셨겠어요.

장병찬 그랬지. 그거 몇십 원밖에 안 되는데 다음 날에 값을 먼저 치르고 가져갈 걸… 그렇게 짤리고 차린 게 도장 가게여.

이슬아 기억나요. 어렸을 때 학교 끝나고 할아버지 도장 가게 가면 아이스크림 사주셨잖아요. 근데 할아버지 도장 파는 기술은 언제 배우신 거예요?

장병찬 누가 가르쳐준 게 아녀. 혼자 배웠어. 어릴 적에 대전역에 근처를 기웃거리는디, 어떤 기술자가 도장을 파고 있더라고. 난 어려서 서당을 조금 다

넣으니 붓글씨를 좀 쓰잖아. 그래서 유심히 봤지. 그 사람이 어떻게 도장을 파는지. 오른손 글씨를 반대로 왼손 글씨로 쓰기만 하면 되더라고. 도장은 거꾸로니께. 그 기술을 한참 구경한 다음에 물어봤어. "저도 한번만 파보면 안 돼요?" 그 기술자가 해보래. 그래서 해봤더니 정말 그대로 되더라고.

이슬아   눈으로 보고 바로 기술을 익혀버린 거네요.

장병찬   그랬지. 어렸을 때 장구도 그렇게 배웠어. 내가 살던 동네에 고전 무용하는 팀이 한복 입고 놀러왔었는데 거기 계신 할머니가 장구를 기가 막히게 치더라고. 보다 보니까 배우고 싶은 욕심이 드는 거야. 할머니 쉬실 때 내가 물어봤지. "저도 이거 한 번 쳐보면 안 돼요?" 그러니까 할머니가 쳐보래. 그 할머니한테 30분인가 배웠어. 그다음엔 집에 가서 부지깽이 들고 혼자서 장구를 상상하면서 치는 연습을 했지. 그렇게 어깨 너머로 장구를 배운 거. 장구를 칠 줄 아니까 요즘 같은 때에 음악 봉사도 다닐 수 있지. 나보다 늙은 어르신들 계신

요양 병원 돌면서 노래 들려드리는 거야. 그분들은 생의 마지막 기로에 있는 분들이잖아. 그런 분들도 음악을 들으면 치료가 되고 활력이 되고 그려. 위안을 드린다는 생각에 지금도 봉사를 다니는겨.

이존자 할아버지가 생활력은 없는디 하여간 재주는 많으셨어.

이슬아 그런데 할아버지는 왜 생활력이 없으셨던 걸까요?

장병찬 소도 언덕이 있어야 발을 디디고 올라가자녀. 당시 나헌티는 생활의 기반이라는 게 너무 없었어. 돈이 조금 있든지 빽이 있든지 농사 지을 땅이라도 있든지 해야 되는데 아무 것도 없었던 거여. 한때는 구걸도 해봤는디 잘 안 됐어. 우리는 어렸을 때 6.25를 겪은 사람들이잖아. 기억해보면 산에 나무가 없었어. 전쟁 이후니까 산이 황폐했어. 전부 벌거숭이 산이었지. 산에 새소리가 안 나는 시대였어. 나무도 없었고 토양의 질도 아주 안 좋았어. 척박했지. 내 땅이 없으니 남의 땅 농사 도우러 가기도 했는데 5일을 일해주면 쌀을 서 말인가 줘. 쥐꼬리만큼 주는 거여. 봉급이라는 게 너무 적은 거지. 별다른 기술이 없응께. 나도 국민학교를 다니다가 중간에 돈이 없어서 못 다니고 서당도 배우다가 그만뒀거든. 1년에 두 번씩 조하고 보리를 두 말씩 갖다줘야 계속 다닐 수 있는데 그럴 형편이 안 됐지. 그래서 여유 있는 집 애들이 서당에서 돌아오는 길목에 기다렸다가 물어보는 거야. 오늘 뭐 배웠냐고. 그것도 한계가 있으니 참 답답했지. 어떻게든 공부를 더 하고 기술을 배우려고 했는데 잘 안됐어. 결혼하고 나서도 돈을 잘 못 버니까 미안한 일들뿐이었지. 집에서 할머니 얼굴을 보는 게 괴로운겨. 그래서 산에 혼자 올라가서 울기도 많이 울었지. 막막하니까.

이슬아   그때 할머니는 어떠셨어요?

이존자   난 시어머니랑 시간을 많이 보냈지. 할아버지가 자꾸 도망치고 사라지니께. 어디갔는지를 알 수가 있어야지.

장병찬   내가 있는 위치를 안 알려줬어. 알려주면 찾아올
              거 아니야.

이슬아   할아버지가 산에서 돌아오면 엄청 싸우셨을 것
              같아요.

장병찬   그렇게 싸우지는 않았어.

이존자   엄청 싸웠지.

이슬아   두 분 얘기가 너무 다른데요.

장병찬   할머니는 나무랄 데가 없었어. 내가 할머니한테
              미안한 게 많지. 너무 가난한 집 사람들끼리 만나
              서 결혼하니까 힘들었던 거야.

이존자   한번은 복희가 대학 합격했는디 입학금을 내일까
              지 내야 된다. 복희가 나한테 사정을 해. 입학금
              내달라고. 엄마가 입학금만 내주면 자기는 분명
              선생님이 될 거래. 학비는 아르바이트 해서 어떻
              게든 낼 테니까 입학금만 도와달래. 선생님이 되

어서 다 보답할게, 엄마한테 잘해줄게, 하고 막 사정을 하고 울더라구 아침에. 그거를 뿌리치고 출근을 했어. 돈이 없으니께 나도 방법이 없어. 밤에 퇴근하고 돌아가니까 복희가 얼마나 울었는지 두눈이 통통 부어서 뜨지를 못해. 얼마나 억울하겠어. 그만큼 공부를 했는디 입학금을 못 넣어서 학교에 못 들어가는 게 얼마나 분하고 슬프겠어. 이제 다 무효가 되었으니 복희는 복희대로 다락에서 울고 나는 나대로 부엌에서 울었지.

장병찬   (존자 씨 눈물 닦으라고 휴지 건넨다)

이존자   한 일주일 있다가 복희가 몸을 추스르고 취직하러 가더라고. 예쁘고 야무지니까 상가에서는 서로 경리로 데려가겠다고 하지. 거기서 몇 년 일하다가 이제 너희 아빠를 만난 거야. 복희는 성격이 소탈하니까 인자는 웃어넘길지 모르지만 나는 자식들 제대로 못 맥이고 못 가르친 게 항시 한이 맺혀. 그게 잊으려고 해도 잘 안 잊혀져. 그 생각만 하면 눈물이 나.

이슬아 세월이 많이 흘렀어요, 할머니. 이제 복희가 아니
라 슬아가 대학을 졸업하고 학자금 대출도 다 갚
고도 남은 시절이에요.

이준자 긍께 우리 손자가 나한테 그래. "할머니. 큰고모
대학 못 보낸 얘기 그만 해요. 저 백 번 넘게 들었
어요."

장병찬 복희 결혼하고 얼마 안 돼서 할머니가 많이 아프
셨어.

이준자 위에 암이 있어서 수술을 했지. 많이 아파서 병원
비도 많이 나왔어. 내가 애들을 가르치지도 못했
는디 병원비 때문에 고생시키고 아휴… 그러다가
또 슬아 중학생 때는 할아버지가 크게 아프셨지.

장병찬 3년 6개월 동안 병원 신세를 졌어. 병원에서 나보
고 희망이 없대. 근데 이상하게도 죽는다는 생각
이 전혀 들지를 않았어. 그렇게 아픈데도 계속 살
고 싶고, 살 수 있을 것 같은겨. 통증이 가라앉을
때에는 양 옆 환자들을 돌아보잖아. 그 사람들이

습관적으로 그렇게 말해. "아이고, 죽겠다. 아파 죽겠다." 그럼 나는 말했어. "죽겠다는 소리 하지 마셔요. 살아야지. 살겠다고 말해요."

이슬아　말이 3년 6개월이지, 그 긴 시간 병원에 있느라 얼마나 힘드셨을까.

장병찬　할머니가 옆에서 간병하느라 고생을 많이 했지.

이존자　우리 애기들이 병원비 대느라 고생을 많이 했지.

이슬아　할아버지랑 할머니랑 애기들이 다 고생했네.

이존자　내가 지금은 애기들한테 보답하려면 얼마든지 할 수 있자녀. 노력만 하면 말여. 그래서 시방 농사짓고 일하는 거 힘 하나 안 들고 행복한겨, 아가.

존자 씨는 그렇게 말하고 서둘러 일어나 밭에 상추를 뜯으러 갔다. 서울로 돌아가는 나에게 싸주기 위해서였다. 그들의 밭에는 땅콩과 깻잎과 토마토와 오이와 감자와 호박과 옥수수가 자라나고 있었다. 예전엔 고구마도 심었는데 뒷산에서 내려오는 멧돼지들이 다 파먹어서 더 이상 안 심는댔다. 밭 옆에는 된장과 간장이 담긴 항아리가 있고, 부엌에는 직접 깨를 키워서 짠 들기름과 참기름이 있었으며, 거실 벽에는 여러 개의 액자가 있었다. 그들이 낳은 자식들과 손주들의 어릴 적 사진들. 존자 씨에게는 영원히 아기일 사람들. 존자 씨가 밭에 나간 사이 병찬 씨는 나에게 따로 말했다.

장병찬   나중에 퇴원하고 시간이 많이 흘렀어. 어느 날 할머니가 나한테 그래. 미안하대. 그래서 "무엇이 미안하오?" 물었더니 할머니는 그냥 미안하다고, 정말 미안하다고만 그러는겨. 내가 그랬지. "여보, 나 그렇게 아파서 사경을 헤맬 때 당신이 몇 년을 간호했는데, 내가 미안하지 왜 당신이 미안하오?" 그렇게 말해도 계속 미안하다고만 말해.

환장하겠는 거야. "속 시원히 터놓고 얘기합시
다." 했지. 할머니가 오랫동안 망설이다가 말해.
"당신이 너무 오래 아파서 내가 의사 선생님한테
당신 안락사시켜달라고 말했었어요. 이건 평생
가슴에 묻어둔 비밀이었는데 이제 당신이 다 나
았응께 말할 수 있어."

내가 말했어. "여보. 당신 그 말 참 잘했소. 내가
어떻게 병을 이기고 살아 나왔는가 알게 되었네.
당신이 나를 살렸네요." 그랬더니 할머니가 뭔 소
리냐고 해. 나는 할머니한테 이야기를 들려줬지.
"병상에 누웠을 때 내 앞에 죽음의 능선이 있었어
요. 이 너머는 절벽이야. 절벽 밑에는 저승사자가
있었고요. 내가 절벽으로 떨어지면 딱 끌고 가려
고 기다리고 있던 저승사자였어. 그때 갑자기 어
떤 여자가 느닷없이 와서 내 등을 밀어버린겨. 그
게 당신인디, 아래에서 기다리고 있던 저승사자
가 깜짝 놀란 거야. 예상보다 빨리 떨어져 내려오
니까. 얼떨결에 나를 받긴 했는디 아직 죽을 놈이
아닌 것 같은 거야. 저승사자가 당황해서 나를 저
승에 안 데리고 가기로 한 거지. 당신이 갑자기 날
죽이라고 툭 튀어나와서 저승사자를 놀래킨겨.

긍께 당신이 진짜 잘한 거야."

이슬아 할아버지. 즉석에서 지어낸 얘기였어요?

장병찬 할머니 말 듣고 바로 지어냈지. 할머니가 죄책감에 한이 맺혀서 너무 괴로워하니까 내가 뭐라고 말해야겠어. 위로의 말을 해야지. 당신이 나를 살려낸 이야기를 막바로 지었지. 이야기로 할머니를 달랠 수가 있자녀. 그러고서 할머니 등을 한참 쓰다듬었어.

이슬아 작가는 제가 아니라 할아버지인 것 같아요.

장병찬 지금도 큰 욕심이 없어. 입에 풀칠할 수 있고 마음 편하면 그걸로 됐다 싶어. 할머니하고의 세월을 돌아보면 정말 잘했다고 느껴. 요즘에는 그저께 만난 사람 얼굴은 잘 기억이 안 나는데, 오래된 일은 아주 선명하게 기억나. 이상햐. 미안한 일들도 한스러운 일들도 어제 일처럼 기억나는데, 그런데도 나한테 삶이라는 게 참 풍족한 것 같아.

10	11	12
🏛유권자의 날	🌾동학농민혁명 기념일	↩4.20 乙卯
	🐟손 없는 날	🐟손 없는 날
17	18	19
↩4.25 庚申	🕊5·18민주화운동 기념일 성년의 날	↩4.27 壬戌
24 31	25	26
↩용4.2 丁卯 병 사구리	↩윤4.3 戊辰 병 사구리	↩윤4.4 己
🐟손 없는 날		

벼농사
◇ 어린모 모내기용 못자리 설치
◇ 못자리 물 관리 및 묘모 하우스 환기
◇ 못자리 병해충 방제
◇ 적기 모내기 및 적정 유기수 확보
◇ 직파재배 마무리 및 잡초 방제
◇ 배물관리(담뱃배) 등 초기 관리
◇ 상자처리제 및 제초제 처리

밭농사
◇ 논보리 등 통 도입 관리
◇ 보리 및 붉은공장이(빵)
◇ 콩 파종 및 고구마 아
◇ 참깨 파종 맞추어 이
◇ 논콩 파종 및 성묘 수

함께한 50년 같이 누릴 100년

🌷수동농

경기도 남양주시 수동면 비행로

• 본   점 : 593-140
  팩   스 : 593-140

나랑 결혼하면 조밥을 먹게 될 거라고 예고했던 남자와 죽
사발에도 웃음이 있으면 살겠다고 대답했던 여자가 있었
다. 그들이 처음 만난 날에 여자는 남자의 등에 붙어있던
송충이를 떼어주었다. 먼 훗날에 여자는 죽음의 능선에 서
있는 남자 등을 떠밀어서 남자를 살렸다고 한다. 그 이야기
는 거짓말이지만, 거짓말을 지어내며 남자가 여자의 등을
한참 쓰다듬어준 것은 사실이다.

배운 게 별로 없었지만 실은 모든 것을 알고 있었던 존자 씨와 병찬 씨. 그들의 생애는 서로를 살리며 흘러왔다. 한 고생이 끝나면 다음 고생이 있는 생이었다. 어떻게 자라야겠다고 다짐할 새도 없이 자라버리는 시간이었다.

고단한 생로병사 속에서 태어나고 만난 당신들. 내 엄마를 낳은 당신들. 해가 지면 저녁상을 차리고 이야기를 지어내는 당신들. 계속해서 서로를 살리는 당신들. 말로 다할 수 없는 생명력이 그들에게서 엄마를 거쳐 나에게로 흘러왔다. 그들의 엄마, 그 엄마의 엄마, 그 엄마의 엄마의 엄마로부터 흘러내려온 생명력일 것이다. 어쨌거나 생을 낙관하며, 그리고 생을 감사해하며.

알 수 없는 이 흐름을 나는 그저 사랑의 무한 반복이라고 부르고 싶다. 이들이 나의 수호신들 중 하나였음을 이제는 알겠다. 기쁨 곁에 따르는 공포와, 절망 옆에 깃드는 희망 사이에서 계속되는 사랑을 존자 씨와 병찬 씨를 통해 본다.

사진: 곽소진

녹취록 작성: 김지영

인쇄소 기장 김경연

2020.09.17.

색을 만드는 사람은 누구인가

예전에는 책이 작가의 작품인 줄 알았다. 직접 책을 만들기 전까지는 쭉 그렇게 생각해왔다.

그러다가 스물일곱 살에 처음으로 직접 책을 만들어보았다. 커다란 출판사와도 함께 만들어보고, 혼자서도 만들어보았다. 작년부터는 혜엄 출판사를 차려서 다섯 종의 책을 정식 출간한 뒤 유통하고 있다. 나의 출판 경력은 겨우 2년이지만 그 짧은 기간 동안 한 가지가 분명해졌다. 책이 아주 여러 사람의 합작이라는 점. 책은 작가의 작품이지만 작가만의 작품은 아니다. 작가는 아주 여러 사람의 도움을 받아 겨우 책을 완성하는 사람일 뿐이다. 출판에는 집필 말고도 아주 다양한 과정이 있다.

복희 씨, 웅이 씨와 혜엄 출판사를 운영하면서 나는 책 제작의 전 과정을 두 눈으로 보게 되었다. 아주 많은 노동자가 관여하는 과정이었다. 모든 과정이 중요했다. 편집하는 사람, 교정하는 사람, 디자인하는 사람, 마케팅하는 사람, 유통하는 사람, 배달하는 사람, 주문받는 사람, 서점에서 일하는 사람, 매대를 꾸리는 사람 등 아주 많은 사람들이 실수 없이 일해야만 책이 독자의 손에 도착할 수 있었다. 그 모든 사람을 직접 만나며 집필자로서의 나는 갈수록 작아지고 황송해졌다. 그중에서도 내 눈과 귀와 코를 사로잡은 이들은 인쇄소의 사람들이다.

인쇄소에는 누가 있는가? 그곳에서는 어떤 일이 벌어지는가? 책을 만들기 전에는 그런 질문을 해본 적이 없다. 이젠 그곳에 아주 많은 호기심을 품게 된다. 만만치 않은 환경 속에서 놀라운 작업을 해내는 사람들이 그곳에 있다. 인쇄소의 노동자들을 만나야겠다고 생각한 것은 그래서다.

무엇보다 나는 기장님들의 이야기를 자세히 듣고 싶었다. 기장님이란 아주 커다란 인쇄 기계를 직접 다루는 기술자다. 모든 인쇄소에는 기계와 인쇄를 책임지는 기장님들이 계신다. 내가 디자인한 대로 책이 잘 인쇄되는지 미리 테스트하기 위해 감리를 보러갈 때마다 기장님들을 만나게 된다. 인쇄소는 아주 냄새로 꽉 차있어서 잠깐 머물기만 해도 머리와 코가 지끈지끈 아팠다. 그곳에서 기장님들은 묵묵하고 정확하게 책의 색을 살펴주시고 조정해주시곤 했다. 내가 원하는 색의 책이 구현될 때까지 정성스레 작업해주시는 분들이었다.

그런 기장님들 중 한 분인 김경연 님에게 인터뷰를 요청했다. 혜엄 출판사의 책들을 만든 인쇄소 중 하나인 '영신사'에서 근무하는 분이다. 1973년생인 그는 인쇄소에서만 20년 넘게 일해오셨다고 한다. 오랫동안 인쇄기를 직접 다루는 기장으로 일하다가 현재는 인쇄와 자재와 기장들을 관리하는 책임자로 계신다. 그의 직책은 기장 출신 부장이다. 기장 경력이 오래되었기 때문에 문제가 생길 때마다 직접 투입되어 기계를 다룬다. 다룰 뿐 아니라 고치기도 한다. 커다란 인쇄기의 모든 부분을 꿰고 있는 기술자다.

예전부터 기계가 너무 궁금했다고 그는 말했다. 어렸을 때 카메라 속 구조가 너무 궁금해서 직접 분해했다가 아버지에게 등을 두드려 맞기도 했다. 어른이 되자마자 그는 색을 만드는 기계의 세계에 종사했다. 그 기계가 어떻게 돌아가는지, 종이 위에 색이 입혀지는 원리는 무엇인지, 수천 수만 가지 색들을 어떻게 배합하고 지정하는지 갈고닦으며 20년을 지냈다. 그의 말에 따르면 기장이란 '색을 맞추는 직업'이었다. 그 일에는 어떤 재미와 어려움이 있는지 알고 싶었다.

2020년 9월 15일, 우리는 파주 출판 단지의 인쇄소에서 만났다. 인쇄 공장 바로 옆에 딸린 사무실에 앉아 쿵쾅 쿵쾅 돌아가는 기계 소리와 알 수 없이 반복되는 멜로디를 들으며 이야기를 나눴다.

이슬아 부장님께서는 몇 시에 인쇄소로 출근하시나요?

김경연 지금은 현장 책임자니까 다른 사람보다 일찍 나와요. 아침 7시 반쯤 와서 저녁 7시 반쯤 퇴근하지요. 출근하자마자 지난 새벽에 어떻게 일이 돌아갔는지 체크하고 회의를 시작해요. 사무 보시는 직원분들과 같이 업무 진행 상황을 공유하는 거죠. 1호기 인쇄가 어디까지 진행되었고 제본은 어디까지 완성되었는지, 납품 날짜를 맞추려면 어디를 서둘러야 하는지 의논하고요.

이슬아 무척 시끄러운 환경이에요. 인쇄기 바로 옆에 계산 기장님들은 하루 종일 커다란 소리 속에서 일하시는데요. 그 소리에 적응이 되셨나요?

김경연 사실 계속해도 적응이 안 되지요. 그래서 귀마개를 귓속에 넣고 일하는 경우가 많아요. 기장들 중에는 저처럼 귓속에 솜털이 없어지는 사람도 있어요.

이슬아 솜털이요? 왜 없어지죠?

김경연   귀마개를 항상 끼니까요. 그러면 솜털이 없어지고 귓밥도 잘 안 생겨요. 먼지가 들어갈 일을 거의 차단해서 그런가 봐요. 그렇게 자주 끼면 귓구멍도 일반 사람들보다 넓어져요.

이슬아   기장님들의 귓구멍이 넓어진다는 이야기는 처음 들었어요.

김경연   하지만 답답해서 안 끼는 사람들도 많죠. 그럼 청력이 안 좋아져요. 워낙 시끄러우니까. 제가 책임자가 된 후에는 웬만하면 끼라고 권유하기는 하는데, 강요할 수는 없지요.

이슬아   지금 공장에서 계속 멜로디가 흘러나오고 있는데요. 어떤 용도의 음악인가요?

김경연   인쇄기에서 나오는 멜로디예요. 기계에 판을 걸고 있다는 것을 표시하는 음인 거죠. 판을 걸 때 기계가 막 구동되잖아요. 모르고 손을 넣으면 다칠 수 있어서 조심해야 하거든요. 예전에는 판을 걸 때마다 경고음 소리가 '삑삑삑' 하고 났었어요.

근데 아무래도 그 음은 듣기에 불쾌하잖아요. 그래서인지 인쇄기 만드는 회사에서 언제부턴가 저 멜로디를 입력했더라고요. 쉽게 말해 사이렌 소리를 음악으로 바꾼 거지요. '지금 이 기계에서 판을 걸고 있으니 조심해라' 하는 의미로.

이슬아 인쇄소 작업 환경은 소리만큼이나 냄새도 무척 강한데요. 독한 냄새도 자꾸 맡다보면 무뎌지시나요?

김경연 지금은 그나마 좋아진 편이에요. 예전 인쇄소들은 환기가 잘 안돼서 열악했거든요. 인쇄에는 여러 화학 약품이 들어가는데 그중에서도 알콜 냄새가 강하죠. 알콜 냄새를 빼내려고 환풍기를 빵빵하게 돌리면 비 오는 날에는 습기가 들어와서 문제고, 더운 날에는 냉기가 다 빠져나가서 문제였지요. 온도랑 습도를 적절하게 맞추는 게 관건이에요.

이슬아 그럼 계절마다 환풍기와 에어컨과 난방기를 다르게 가동시키겠네요. 인쇄에 가장 최적화된 온도와 습도는 어느 정도인가요?

김경연 온도는 24도에서 26도. 습도는 4.5퍼센트에서 5
퍼센트가 딱 적당해요. 인쇄 품질에 영향을 미치
는 변수는 그것말고도 굉장히 많아요. 신경 쓸 것
이 많아서 조금 까다롭습니다.

이슬아 부장님께서는 언제부터 인쇄 일을 시작하셨
어요?

김경연 스물한 살 때부터 배우기 시작했어요. 조금 일찍
배웠지요. 처음엔 견습생으로 시작했어요. 아무
것도 모르는 상태로 들어와서 종이 다루는 법과
기계 작동법을 배우지요. 세부적으로 자세히 알
려면 견습생 시절을 2년 정도 해야 돼요. 그다음
이 부기장 시절이에요. 보조라고도 불리죠. 부기
장이 되면 기계에 판도 걸고, 웬만한 일의 보조
를 할 수 있게 돼요. 기장한테 배우면서 하는 거예
요. 그러다가 한 6년 차 정도 되면 기장 실력이 있
다고 판단이 되죠. 예전엔 10년은 해야 기장이 될
수 있었는데, 요즘에는 그보다 빨리 돼요. 작업의

많은 부분이 기계화돼서, 컴퓨터가 자동으로 데이터를 쏴주거든요. 모든 색을 사람이 직접 맞출 필요가 없게 된 거지요. 하지만 그렇다고 기계가 다 해줄 수 있는 건 아니에요. 기계가 도와줘도 기장 실력이 안 되면 못 하는 일들이 있어요. 예를 들어 별색 인쇄가 그래요. 4도 인쇄에 더해서 특수색(형광색, 금박, 은박 등)을 쓰는 게 별색 인쇄거든요. 그건 실력 좋은 사람만 만질 수 있죠. 경력도 중요하긴 하지만, 미술 쪽으로 유독 더 감각이 있는 기장들이 잘해요.

이슬아 결국 색깔에 대한 감각일까요?

김경연 그렇죠. 내 입으로 칭찬하는 것 같아서 부끄럽지만… 저는 색 감각이 남들보다 조금 나았어요. 특히 자연에 관한 인쇄물을 유독 잘 찍었어요. 워낙 산과 들을 좋아하기도 하니까 그런 곳의 생생한 색이 머리에 입력되어 있는 것이지요. 자연의 푸른 부분을 조금 더 푸르게, 더 생생하고 아름답게 보일 정도로만 푸르게 찍는 것이 기술이거든요.

이슬아 부장님이 실제로 눈에 담은 자연의 색보다 조금 더 강조해서 찍어야 하는군요.

김경연 그렇죠. 짙어지면 좋을 부분을 조금 더 짙게 하고, 밝아져야 할 부분을 조금 더 밝게 해서, 보는 사람의 눈에 와닿게 하는 것이 실력이지요. 출판사의 편집자님이나 디자이너님께서 감리를 보러 오시는 것도 색감을 보기 위해서잖아요. 색감이 좋은 기장들은 출판사에서 원하는 색을 감으로 딱 미리 만들어놔요. 그럼 한 번에 오케이를 받죠.

이슬아 시간도 절약되고, 종이도 절약되고, 잉크도 절약되겠네요.

김경연 그렇죠. 회사 입장에서도 좋고요.

이슬아 인쇄 일은 낮밤이 자주 바뀌는 것으로 알고 있어요.

김경연 맞아요. 주로 2부제로 돌아가는데요. 주간 근무와 야간 근무를 격주로 돌아가면서 해요. 한 주는 낮에 일하고, 한 주는 밤에 일하고. 밤에 못 잔 잠을 낮에 자야 할 때도 많죠. 여름에는 집밖에서 들려오는 소리가 크잖아요. 더워서 문을 열어놓고 자니까요. 사람들이 생활하는 소리도 들리고, 과일 장사 사장님 스피커 소리도 들려요. 그럼 제가 자꾸 깨니까 그때도 귀마개를 끼고 자죠.

이슬아   귀마개를 정말 하루종일 끼시는 거네요.

김경연   그러다 이제 귓속의 솜털도 없어진 거죠. 오랫동안 반복적으로 일하면서 회의가 오기도 했어요. 나는 누구인가. 뭐하는 사람인가. 철학자처럼 질문하게 된다고 할까요. 일하느라 주말에 가족끼리 밥 한 끼 먹기도 어려우니까요. 그래서인지 인쇄 작업 쪽 사람들의 연령대도 점점 더 고령화되고 있어요. 젊은 사람들 중에 인쇄를 배우려는 사람이 거의 없어져서요. 주야간을 번갈아가면서 일하는 게 워낙 힘드니까, 인력난인 거죠. 저도 중간에 몇 번 다른 일을 해봤어요. 방송국 조명 팀에 들어가서 반사체도 들어보고 이것저것 해봤는데, 역시 인쇄 기장 일이 나한테 맞는 것 같더라고요.

이슬아 어떤 점에서 그렇게 느끼셨어요?

김경연 일단 내 일만 묵묵히 하면 크게 터치받지 않는 점
이 좋았고요. 내가 만든 색으로 직접 찍은 책이 서
점에 올라가 있는 것도 뿌듯했어요.

이슬아 영신사에서 다루는 기계는 어떤 것들이 있지요?

김경연 우선 표지만 전문적으로 찍는 편집기가 있어요.
그리고 4색 인쇄기와 5색 인쇄기가 있죠. 5색 인
쇄기는 별색까지 찍을 수 있어요.

이슬아 저의 첫 책인 『일간 이슬아 수필집』의 표지도 5색
인쇄기에서 찍었어요. 책등에 아주 쨍한 형광 오
렌지색을 내고 싶었거든요.

김경연 네. 그런 책을 찍을 수 있는 기계가 저희한테 세
대 있어요. 2도짜리 인쇄기도 세 대 있고요. 또 앞
뒷면을 한 번에 찍을 수 있는 양면기도 한 대 있
죠. 주로 외국에서 만들어진 기계들이에요. '미쓰
비시', '고모리' 같은 일본 회사나 '로랜드' 같은

독일 회사에서 수입해요. 영신사의 위층에는 제본 시스템도 갖춰져있어요. 책을 완제품으로 제작할 수 있는 환경이 세팅되어 있는 상태입니다. 코팅만 외주로 해요.

이슬아 처음 인쇄소에 왔을 땐 인쇄 기계의 크기에 깜짝 놀랐었어요. 이렇게 클 줄 몰랐거든요.

김경연 한 번에 여덟 가지 색을 찍는 인쇄 기계는 버스 두 대 합쳐 놓은 것만큼 커요. 신문사에서 쓰는 윤전기는 더 크고요. 그건 정말 건물만 해요. 건물 자체에 인쇄기를 다 조립하는 식이죠. 거기에서 신문이 처음부터 끝까지 인쇄되고 커팅되고 접지되고 완성되어서 나와요.

이슬아 인쇄소에는 특별히 인기 있는 기장님들이 계시다고 들었어요. 그분들은 어떤 노하우를 가졌기에 인기가 많으실까요?

김경연 기본적인 것들은 모든 기장이 공통적으로 배우지만 그 외의 것들은 본인이 직접 습득해나가야 해요. 별색 만지는 것도 빨리 익혀야죠. 저는 별색을 잘 찍기 위한 노트를 따로 만들었어요. 직접 다 수기로 쓴 거죠. 특정한 색을 잘 지정하려면 어떤 색들을 섞어야 하는지, 그 색의 비율을 일일이 다 제가 해보고 적었어요. 그렇게 꽉 채운 노트가 다섯 권이에요. 어떻게 보면 컬러 차트보다 더 정확해요. 지금 현장 사람들도 저한테 노트 보여달라고 그래요.

이슬아   엄청 보물같은 노트네요.

김경연   또 중요한 게 있어요. 기장은 기계를 고칠 줄 알아야 해요. 웬만한 문제들은 스스로 해결할 줄 알아야 하죠. 저는 인쇄도 재밌었지만 기계 고치는 게 또 참 재밌었어요. 지금도 기계를 웬만하면 제가 다 고쳐요.

이슬아   기계의 설명서나 가이드북을 보면서 고치시는 건가요?

김경연   그렇다기보다는… '눈도둑'이라고 하죠? 가끔 엔지니어들이 와서 기계를 손볼 때 제가 그걸 아주 유심히 봐요. 기술자들은 어떻게 고치나 옆에서 보죠. 어깨너머로 배우는 거예요. 그럼 한 꺼풀이 벗겨지는 느낌이 들어요. 이 커다란 인쇄기의 구조가 어떤지, 어떻게 돌아가는지 알게 되죠. 그럼 다음에 혼자서도 고칠 수 있게 돼요.

이슬아 기계에 대한 감을 좀 타고나신 것처럼 들려요.

김경연 어렸을 때부터 궁금한 기계가 많았어요. 그래서 카메라도 막 분해했다가 아버지께 두드려 맞았고요.(웃음)

이슬아 부장님은 비교적 젊은 나이에 기장이 되셨고, 젊은 나이에 책임자가 되셨는데요. 어떻게 그럴 수 있었나요?

김경연 제가 스물세 살에 결혼을 했거든요. 지금 큰애는 대학교 4학년이에요. 결혼을 빨리 했죠. 일단 먹여 살릴 식구가 있잖아요. 그러니까 일을 일찍 시작했고 그만둘 수도 없었어요. 일 배울 때 견습생들은 기장님들께 혼나면 그만두는 경우가 많거든

요. 그런데 저는 아무리 혼나도 참았어요.(웃음) 서러워도 꾹 참았죠. 먹고 살아야 하니까요. 일요일도 없이 일했죠. 처음엔 모든 게 어려웠어요. 특히 색을 맞추는 게 너무 어렵더라고요.

이슬아 색을 맞춘다는 게, 컴퓨터로 디자인해놓은 책의 색을 그대로 종이 위에 옮기는 작업인 거죠?

김경연 그렇지요. 그게 참 어려워요. 근데 지금은 기장님들께서 감리 보다가 막히는 것이 있으면 저를 불러요. 뭐가 문제인지 봐달라고.

이슬아 부장님은 딱 보면 아시나요?

김경연 알죠. 데이터가 문제인지, 기계의 문제인지, 기장 실력의 문제인지. 한 번에 딱 보이니까 그걸 해결하는 것이 제 일이지요. 중국집을 생각해보세요. 중국집 사장이 만약 짜장면을 못 만들면 주방장에게 과정을 다 맡겨야 하잖아요. 저도 마찬가지예요. 제가 인쇄 기술을 모른다면 기장님들께 휘둘릴 수도 있겠지요. 하지만 제가 기장 출신 부장이니까, 기장님들도 핑계 대기가 어려우실 거예요. 그 자리에서 바로 확인할 수 있으니까요. 어찌 보면 저는 눈엣가시일 거예요.(웃음) 다들 친한 형, 동생처럼 지내지만요.

이슬아　제가 출판사를 겨우 2년밖에 안 해봤지만 그 짧은 경력 안에서도 인쇄 사고를 벌써 몇 번 겪었거든요. 기장님은 더 많이 겪으셨을 텐데요. 그중에서도 기억에 남는 사고가 있나요?

김경연　인쇄소에서 사고가 나면 제일 처음 하는 질문이 뭔 줄 아세요?

이슬아　뭔가요?

김경연　"몇 부야?!"

이슬아　하하하. 너무 알 것 같아요.

김경연　만약 500부짜리면 그나마 안도하고… 만약 1만 부짜리면 다들 이마를 짚는 거죠.

이슬아   그렇겠어요. 부수가 사고의 규모니까요.

김경연   한번은 3만 부짜리 인쇄였는데, 전면을 다 찍고
후면을 인쇄하던 중이었어요. 그때 후면에 죄다
스크래치가 난 거예요. 잉크가 덜 마른 상태로 찍
다 보니까 쓸린 것이죠. 공교롭게도 후면에 사람
얼굴이 그려져 있었는데 거기에 스크래치가 났으
니, 3만 부를 다 못 쓰게 됐죠. 결국 전량 폐기시
켰어요. 몇천만 원이 그냥 날아가는 거죠.

이슬아   어쩜 좋아요. 사고를 줄이려면 어떻게 해야 할까
요? 일단 출판사가 데이터를 넘길 때 꼼꼼히 봐야
하겠고, 기장님들은 어떤 것을 주의하셔야 하죠?

김경연   제일 문제가 스마트폰이에요. 요즘엔 누구나 일
하면서 스마트폰을 보잖아요. 인쇄소에서는 주간
엔 그나마 괜찮아요. 관리하는 사람들이 왔다 갔
다 하면서 스마트폰 오래 보고 있으면 지적을 하
거든요. 하지만 야간에는 그럴 수 없잖아요. 기장
님께서 인쇄기 돌려놓고 야구 경기 보다가 사고
를 내는 경우도 있어요.

이슬아　부장님께서는 기장으로 일하시다가 시말서를 쓰
신 적이 있나요?

김경연　많죠. 표지 찍다가 색을 잘못 찍어서 빠꾸 맞은 적
도 있고, 톤이 약하다고 해서 다시 찍은 적도 있
고, 그때마다 시말서를 썼지요. '본인의 판단으로
인하여 실수가 있었으니 앞으로는 주의하겠습니
다' 이런 식으로 썼던 게 생각나요.

이슬아　단순노동을 하면서도 매너리즘에 빠지지 않으려
면 어떻게 해야 할까요?

김경연　잡생각을 하지 말아야죠. 솔직히 일을 하다 보면
집중이 안 될 때가 있어요. 그럴 때 음악을 듣는
게 도움이 되기도 해요. 너무 시끄러운 곳이라 일
반 이어폰으로는 음악이 안 들리니까, 항공용 헤
드폰을 쓰고 들었죠.

이슬아　만드셨던 책 중에 특히 기억에 남는 책이 있으
세요?

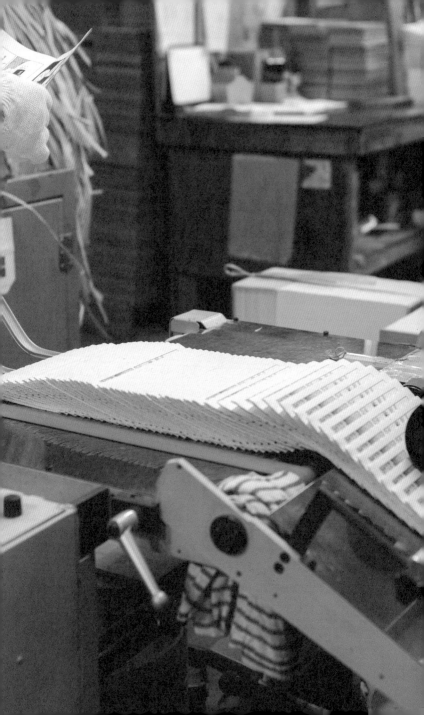

김경연   제목이 정확히 기억나지 않는데 버킷 리스트에 관한 책이었어요. 그걸 인쇄하면서 나도 꼭 그런 리스트를 만들어야겠다고 생각했지요. 그래서 써 봤더니 50가지 정도 되더라고요. 죽기 전에 꼭 해보고 싶은 것들이요. 주로 퇴근하고 할 수 있는 여러 취미 생활에 관한 것들이었어요. 부지런히 실천해서, 벌써 다 해봤어요.(웃음)

이슬아   그나저나 부장님께서는 시력이 재산이라 눈 건강을 정말 잘 유지하셔야 할 듯해요.

김경연   아직까지는 좋은 편이에요. 재작년에는 2.0, 1.5였는데 요즘에는 양쪽 다 1.2로 떨어지기는 했어요. 그래도 여전히 괜찮죠. 스마트폰을 많이 안 보면 될 것 같아요. 기장이라는 직업은 보는 능력이 계속 발달하는 일 같아요. 컬러와 도트를 초집중해서 보니까 아주 세밀하게 감지하게 돼요. 그런데 요즘은 흰머리가 늘고 있어요. 스트레스 때문인가 봐요.

이슬아   아무래도, 책임자가 되셔서 그럴까요?

김경연   그렇죠. 아픈 사람도 챙겨야 하고, 사고 나면 해결해야 하고, 누가 그만두면 얼른 채워야 하고. 어렵지요. 그래도 이제 저희 애들도 다 컸고 예전에 비해 부담감은 덜해요. 일찍 결혼해서 일찍 낳으니 그런 점은 좋더라고요.

이슬아   미래에 무엇을 바라시는지 궁금해요.

김경연   쉬는 날에 아내랑 잘 놀러 다니는 것이 꿈이에요. 그렇게 오래오래 살다가 한날한시에 죽기로 약속을 해놨는데 잘 될지 모르겠어요. 타이밍이 잘 맞아야 될 텐데…(웃음)

이슬아   퇴근하고 나서는 가족분들이랑 주로 시간을 보내시나요?

김경연   거의 그렇죠. 아내는 저한테 불만이 있는 것 같아요. 제가 사랑한다는 말을 자주 하는데요. 이제 그 말이 지겹대요. 맨날 사랑한다고 하니까 좀 다른 표현으로 해달라고 하는데, 다른 표현이 뭔지 모르겠어요. 제가 나름대로 생각해서 말해봤는데

다 안 먹히더라고요. (웃음)

이슬아　부장님, 제 책에 사랑의 언어가 되게 많아요. (웃음) 제가 쓰는 글은 대부분 사랑한다는 말의 변주거든요. 안 그래도 오늘 드리려고 가져왔어요.

김경연　그래요? 제가 정말 꼭, 다 읽어볼게요.

근무원칙

1. 근무시간 준수하기
   : 출퇴근시간, 교대시간, 점심시간 등
2. 안전수칙 준수하기
   : 정비시, 상하차, 지게차이동, 화재 등
3. 좋은품질 및 납기 준수하기
   : 수시확인, 생산량증대, 부서간 소통등
4. 작업사양서, 지시서 숙지후 작업하기
   : 전달사항, 후가공, 꼬리표 등
5. 정리정돈 생활화하기
   : 청소, 폐기물, 사용기구 정위치 등
6. 에너지 절약하기
   : 전기, 자재, 기물관리, 소모품 등
7. 상호간 대인관계 정립하기
   : 언어사용, 솔선수범, 동료배려 등
8. 고객에대한 예의범절 갖추기
   : 인사, 친절, 감리안내 등

원칙준수는 우리 모두를 위함입니다

YOUNGSHIN
영신사

겪어본 인터뷰 현장 중 가장 시끄러운 장소였다. 기장님과 이야기를 나누는 내내 인쇄기 돌아가는 소리가 쿵쾅쿵쾅 계속되었다. 그 소리는 이야기가 찍히고 있음을, 책이 만들어지고 있음을 의미했다. 내 심장도 덩달아 쿵쾅쿵쾅 뛰었다.

인쇄기는 버스 두 대를 이어놓은 것만큼 길고 거대하다. 여러 사람들이 중요하다고 합의 본 이야기들이 그 안에서 복제된다. 매우 중대한 기계인 것이다. 감리 직전까지 데이터를 살피고 또 살피던 작가와 편집자와 디자이너들은 인쇄기에 손을 대고 기도를 하기도 한다. 잘 부탁드린다고, 무탈히 책이 나오도록 도와달라고. 나는 그 장면을 볼 때마다 늘 뭉클해지지만, 아마도 그건 기계를 잘 모르는 이들의 기도일 것이다. 어떤 일이 자기 손을 떠나서 할 수 있는 게 더이상 없을 때 올리는 게 기도이기도 하니까. 기계를 아는 기장님들은 차분하게 묵묵히 조작할 뿐이다. 그때부터는 모든 게 기장님들의 손에 달렸다.

당신이 어디에선가 이 책을 손에 쥐고 읽고 있다면 그건 인쇄소와 출판사의 약속이 지켜진 결과다. 기장님과 인쇄기가 함께 일한 결과다. 당연해 보이는 이 사실이 몇 번이고 신비롭게 다가온다.

사진: 성지윤
녹취록 작성: 김지영

197

인쇄소 경리 김혜옥

2020.09.18.

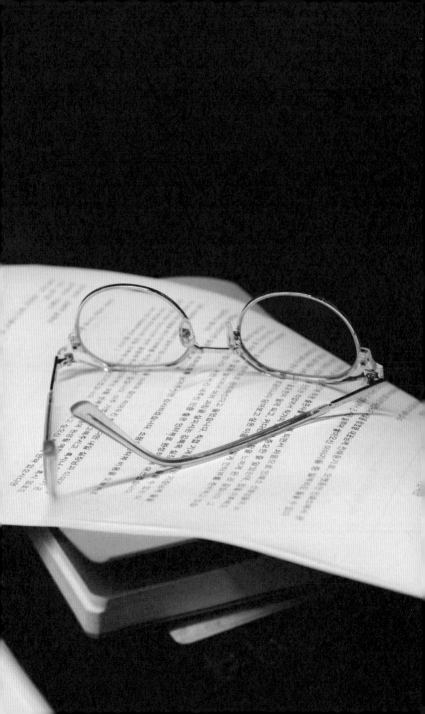

숫자를 맞추는 사람은 누구인가

인쇄소에는 기계를 다루는 사람들도 있지만 숫자를 다루
는 사람들도 있다. 그들이 금액과 부수와 날짜와 시간을 체
크하는 덕분에 책은 제시간에 그리고 제값에 출판사로 납
품된다.

기장님이 색을 맞추는 사람이라면 실장님은 숫자를 맞
추는 사람이다. 인쇄 감리를 볼 때는 기장님과 이야기하지
만, 주문과 납품과 정산을 할 때는 실장님과 이야기한다.
다른 일터처럼 인쇄소 역시 약속으로 굴러가는 세계이며
실장님은 그 약속의 깐깐한 수호자다.

그런 실장님들 중 한 분인 김혜옥 님을 찾아갔다. 1972
년생 혜옥 님은 파주 출판 단지에 있는 더블비 인쇄소에서

회계를 담당하고 계신다. 우리는 2020년 9월 7일 저녁에 만났는데, 이 무렵 김혜옥 님은 매출 세금 계산서 업무로 한창 바쁜 시기를 보내고 계셨다. 계산서 처리 마감이 매월 10일이라서다. 지난달 말일까지 일한 내역을 청구하느라 분주했다고 혜옥 님은 설명하셨다. 나에게 차를 내어주시는 혜옥 님의 얼굴에 긴장이 역력했다. 인터뷰가 처음이라 떨린다며 연신 손에 난 땀을 훔치셨다.

김혜옥　　지금 너무 떨려서요. 머릿속이 하얘요. 단어도 막 생각이 안 나고요. 제가 인터뷰를 해도 될 만한 사람인가 싶어서… 저는 회계 파트에 있으니까 기계를 직접 다루지는 않아요. 공장에서 일하지도 않고요. 그래서 제 이야기는 인터뷰에 도움이 안 될지도 모른다는 생각에 많이 망설였어요.

이슬아　　그런데 회계 보시는 분의 역할이 정말 중요하잖아요. 저는 출판사 일하면서 제일 어려운 게 회계던데요. 안 배운 사람이 하려니까 너무 많이 틀리고 머리도 터질 것 같더라고요. 회계는 인쇄만큼

이나 전문가의 영역이라고 생각했어요. 실장님은
언제부터 회계 일을 시작하셨지요?

김혜옥 상고를 졸업하자마자 바로 취업했으니까, 스무
살 때부터 쭉 경리로 일했죠. 1991년 정도였던 것
같아요.

이슬아 제가 태어날 때 즈음부터 경력이 시작되신 거네
요. 처음부터 인쇄소의 경리로 취직하셨나요?

김혜옥 아뇨, 처음엔 건설 현장에서 회계를 봤어요. 조금
거친 분들이랑…

이슬아 주로 남자 노동자분들이 계신 곳이었나요?

김혜옥 네. 모든 직원분들이 남자였어요.

이슬아 반면 경리 일은 거의 여자분들이 해오신 것 같아
요. 저희 엄마도 스무 살 때 경리로 일하셨는데요.
이 일은 왜 남자보다는 여자가 많이 하게 되었을
까요?

김혜옥　예전 세대분들은 '경리'라고 하면 차 타오고 손님 접대하고 직원들 수발도 드는 사람이라고 생각하셨던 것 같아요. '미스 김'이라고 자주 불렸지요. 그랬다가 어느 순간 세대가 교체되면서 분위기가 많이 바뀌었어요. 그렇게 된 지 불과 몇 년 안 되었다고 생각해요. 저희 대표님은 젊으신 편이라 직접 손님들 접대하기도 하세요. 제가 대표님을 상사로서 존중하고 대우해드리지만, 그렇다고 그분이 저를 강압적으로 대하신다거나 하지는 않지요.

이슬아　건설 현장에서 경리 일을 하시다가 어떻게 인쇄소로 이직하게 되셨어요?

김혜옥　친구 소개로 왔어요. 2002년부터 인쇄소의 회계를 봤으니까 20년 가까이 되었네요. 인쇄소는 생소한 분야였는데 제가 책을 좋아해서 반가운 마음으로 왔죠.

이슬아　실장님은 어떤 책을 좋아하셨나요?

김혜옥 학창 시절 때는 만화 대여점의 VIP였어요. 만화 책이랑 무협지를 끼고 살았죠. 황미나의 순정 만화를 너무나 좋아했어요. 성인이 되고 나서도 스트레스 쌓일 때 책을 읽었고요. 삼십 대까지는 그랬던 것 같아요. 그런데 최근에는 집중력이 약해져서 예전보다 이야기가 머리에 잘 안 들어오더라고요. 어렸을 때는 초등학교 선생님이 되고 싶었어요. 가정 형편이 안 좋다 보니까 인문계를 못 갔지요. 저희 집은 딸만 넷이에요. 저는 그중에서 둘째고요. 상경해서 어렵게 살다 보니 인문계 학교에 진학하는 건 좀 무리였어요. 공부를 포기하고 상과에 입학했으니까 자연스럽게 경리 일을 하게 됐던 것 같아요.

이슬아 자매들 사이에서 실장님이 어떤 캐릭터이실지 궁금해요. 이야기 속에서 둘째는 보통 개성 있고 고집 세고 반항적인 인물이잖아요. 〈작은 아씨들〉의 '조'처럼요.

김혜옥 둘째는 정말 어려운 자리인 것 같아요. 저희 자매들 사이에서 둘째는 중립을 지켜야 하는 자리에

요.(웃음) 첫째와 셋째와 넷째 사이에서 잘 중재
해야 돼요.

이슬아 직장에서 주로 숫자와 함께 일하시지요. 저는 숫
자와 관련된 일을 하면 너무 많이 틀려서 정말 두
려운데요. 실장님은 원래부터 숫자가 별로 두렵
지 않으셨나요?

김혜옥 그랬던 것 같아요. 일단 1원이라도 틀리지 않기
위해 엄청 꼼꼼히 보죠. 그 1원 때문에 처음부터
끝까지 다시 보기도 하고요. 어디서부터 틀렸는
지 알 수 없으니까 전체적으로 다 봐야 해요. 그럴
땐 눈이 막 돌아가죠. 이 일을 하다 보니까 성격이
깐깐해지는 경향이 있어요. 정확해야 하니까요.
그런데 제가 회계만 보는 게 아니라, 거래처 분들
도 만나 뵙고 감리 보러 오시는 분들께 인사도 드
려야 되거든요. 선천적으로 내성적이라 낯을 가
리는데⋯ 혼자 회계 일을 하다가 갑자기 얼굴을
마주해야 할 때가 오면, 그 깐깐함이 제 얼굴에 드
러날 때가 있는 것 같아요. 그럼 다가오는 분들이
저를 어려워하기도 하세요.

이슬아   틀리지 않게 계산해야 하니까 자주 곤두서있으실 것 같아요. 정확해지기 위한 노력이니까 좋은 깐 깐함 아닐까요?

김혜옥   간혹 저를 차갑다고 오해하시는 분들도 계세요. 저도 워낙 내성적이라 친해지기가 참 쉽지 않은 것 같아요.

이슬아   1원의 오차도 없이 회계를 정리했을 때 쾌감은 어떠세요?

김혜옥   장난 아니죠.

이슬아   하하하

김혜옥   진짜, 장난 아니게 좋아요. 처음부터 오차 없이 잘 계산했을 때도 좋지만, 한 가지 오류였던 1원을 딱 잡아냈을 때의 쾌감이 더 큰 것 같아요. 사실 처음부터 잘해야 하는 건 너무 당연한 거예요. 근데 가끔 이상하게 안 맞잖아요. 도대체 어디서 틀렸을까… 처음부터 끝까지 다시 보다가 문제의 그 부분을 딱 발견했을 때 희열이 있죠.

이슬아   혼자서 "앗싸~"라고 하실 것 같아요.

김혜옥   (웃음) 정말 혼자서 그렇게 소리 낼 때가 있어요.

이슬아   회계 말고도 다른 업무를 또 맡고 계신다고 들었는데 어떤 일들이지요?

김혜옥   저희 인쇄소는 워낙에 딱 필요한 인원만 있어서, 한 사람이 1.5인분의 능력을 발휘해야 해요. 직접적인 인쇄 관련 일들이나, 제작 스케줄 관리는 공장장님이 하세요. 저는 그다음 공정을 살펴요. 언제까지 책이 나와야 하는지, 지금 어느 제본소에 보내졌는지, 어느 코팅 과정에 있는지 전반적으로 따져보죠. 완성되어야 하는 속도에 잘 완성되도록 하나하나 따라가며 살피는 거예요. 그런 경리 업무뿐 아니라, 책 제작 대행 일도 조금씩 맡고 있어요.

이슬아   통화도 많이 하실 것 같아요.

김혜옥   매일 많은 통화를 해요. 저희 인쇄소의 협력 업체 분들, 거래처 분들, 책 후가공해주시는 분들, 제본해주시는 분들… 발주 통화, 납품 통화 등 챙겨야 할 게 많죠. 거래처에서 원하는 날짜에 책이 나오려면요.

이슬아   원하는 날짜에 못 맞출 때도 있나요?

김혜옥   있어요. 납기일에 못 맞춰줄 때는 초조해서 미치겠어요. 저도 빨리 책이 나왔으면 좋겠는데, 출간에도 약간 흐름이 있는 것 같아요. 출판사들이 책을 많이 내는 시기에는 다 같이 한꺼번에 많이 내거든요. 보통 가을과 겨울에 그렇죠. 여름에는 비수기예요. 그래서 가을, 겨울에는 제본이 아주 바빠요. 일이 밀리다 보면 원하는 날짜보다 늦게 완성되기도 해요. 비수기에는 3일 만에 책을 만들 수도 있지만 성수기에는 택도 없는 일이죠. 인쇄업은 참 어려운 것 같아요. 물가는 갈수록 비싸지는데 인쇄 단가는 변함이 없으니까요. 인쇄소들끼리 서로 경쟁하며 내리기도 하니까, 마진율이 낮죠.

이슬아　코로나의 여파도 있었을 것 같아요.

김혜옥　전체적으로 매출이 많이 줄었죠. 그런데 코로나 이후 더 많이 팔리게 된 책들도 있어요. 주로 어린이책들이에요. 어린이들이 집에 오래 머물게 되니까, 부모님들께서 책을 많이 사주시는 것 같아요. 반면, 학원에서 쓰는 어린이 교재의 매출은 또 줄었어요. 저희 거래처 중 피아노 악보집 제작하시는 곳이 있는데 지금 몇 달째 인쇄를 못 하고 계세요. 학원이 문을 열어야 악보집도 팔리는데, 계속 문을 닫고 있으니까요. 악보집을 새로 찍을 일이 없는 거죠. 옛날에는 인쇄소 하시던 분들이 부자가 되곤 했대요. 단가도 좋고, 음반도 같이 해서 매출도 컸으니까요. 그런데 지금은 마진율이 10퍼센트도 안 돼요. 인쇄소 운영하는 게 참 쉽지 않죠. 그래서 최대한 사고가 나지 않게 해야 돼요.

이슬아　실장님도 종종 실수를 하시나요?

김혜옥　하죠. 늘 하던 일인데도 실수할 때가 있어요. 약간 안일한 마음으로 '그냥 넘어갈까?' 하고 넘어갔던 부분에서 꼭 사고가 나더라고요. 최근에도 실수 했는데요. 예상했던 것보다 책 사이즈가 크게 나와서 디자인이 살짝 흐트러진 거예요. 디자인보다 큰 판형으로 책을 제작해서 문제였던 거죠. 디자이너님의 실수이기도 했지만, 제가 가제본 나왔을 때 더 꼼꼼하게 살폈으면 바로잡았을 실수 거든요. 아니면 출력실에서 확인한다거나 판을 걸 때 바로잡았을 수도 있고, 혹은 제본소에 계신 분이 제본하다가 지적해줄 수도 있는 문제였죠. 어느 한 파트에서라도 잡아주면 사고가 되지 않는데요. 여러 파트가 조금씩 무심하게 일하면 이렇게 사고가 나요. 서로 꼼꼼해야 하는 것 같아요.

이슬아 인쇄가 엄청난 협업이라는 것을 다시 실감하게 돼요.

김혜옥 정말 그래요. 어느 한 파트도 중요하지 않은 곳이 없어요.

이슬아 인쇄 일의 어떤 부분을 좋아하시나요?

김혜옥   책 나오는 과정이 제 눈에는 너무 예뻐요. 책을 좋아하는 사람이라면 그 과정을 볼 수 있는 게 참 좋죠. 그리고 저희 인쇄소에서 직접 만든 새 책을, 제 사무실 책장에 한 권씩 꽂을 때마다 기분이 되게 좋아요. 일은 자존감이랑 연결되는 것 같아요. 회계뿐 아니라 다른 업무로 제 영역을 더 확장하고 있는데 솔직히 좀 자랑스러워요. 제가 꼭 필요한 사람이 된 것 같은 느낌 있잖아요. 그 느낌이 좋죠. 계속해서 점점 더 그런 사람이 되고 싶어요.

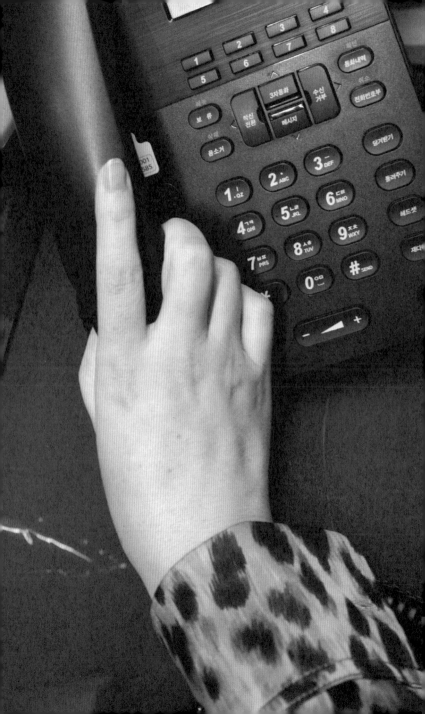

인터뷰를 마치자 혜옥 님이 "휴"하고 숨을 몰아쉬셨다. 맨날 해오던 일인데도 직접 말하려니 어색하신 듯했다. 너무 새삼스러워서. 그리 대단한 일도 아니라서. 대단한 건 작가분들인 것 같다고 혜옥 님은 말씀하셨다.

하지만 인쇄소의 직원분들을 만나면 만날수록 나는 작가의 몫이 얼마나 일부인지를 알게 된다. 쓰고 그리는 사람만으로는 책이 완성될 수 없다. 책뿐만 아니라 모든 크고 작은 물건들이 그렇다. 숫자로 이루어진 약속을 살피고 책임지는 사람들이 사이사이에 있다. 혜옥 님의 오차 없는 세계. 깐깐하고 꼼꼼한 그 세계를 거쳐 기장님들의 노동이 다음으로 착착 넘어가고, 작가들의 이야기가 책으로 완성된다.

이틀간 두 곳의 인쇄소에 찾아가 두 사람의 이야기를 들었다. 더 많은 분들이 그곳에 계실 것이다. 앞으로도 따뜻한 존중 속에서 그분들과 협업하고 싶다.

사진: 성지윤
녹취록 작성: 김지영

수선집 사장 이영애

2021.05.13.

고쳐지는 옷과 마음

어느 동네에나 수선집이 하나쯤은 있고, 살다 보면 옷을 고칠 일이 생긴다. 수선집은 기성복을 입는 이들에겐 필연의 장소다. 표준화된 형태와 치수로 제작된 기성복과는 달리 우리 몸은 결코 표준화되어 있지 않다. 시간이 흐르며 변하기도 한다. 몸과 옷이 딱 맞지 않거나 마음과 옷이 딱 맞지 않으면 나는 옷을 챙겨서 수선집을 향해 뚜벅뚜벅 걸어간다.

'미래로'는 나의 단골 수선집이다. 파주에서 지낸 2년 동안 여기서 여러 벌의 옷을 고쳤다. 문을 열면 아담한 체구의 사장님이 CBS 라디오를 들으며 일하고 계신다. 그의 뒤에는 옷을 고치러 왔다가 수다를 떠느라 돌아가지 않는 손님이 늘 한두 명 앉아있고 사장님은 손님을 등진 채 작업과 대화를 병행한다. 이때 사장님의 어깨는 이완되어 보인다. 얼마큼의 세월이 필요할까? 어깨에 힘을 빼고도 틀림없이 일할 수 있을 정도로 숙련되기까지. 내가 옷을 들고 나타나면 그는 옷과 나를 여러 번 번갈아가며 살핀다. 줄자로 내 몸의 몇 군데를 재고는 문제없다는 듯 옷을 받아든다.

이튿날이면 맞춤 제작한 것처럼 꼭 맞는 옷이 수선집에서 나를 기다리고 있다. 나는 탈의실에서 수선된 옷을 입고 나온다. 사장님이 나를 이리저리 돌려본다. 옷이 내게 잘 흐르는지 살피는 것이다. 내가 말한다. "딱이네요." 그도 말한다. "딱이네." 옷과 몸 사이에서 평생을 일해온 자의 여유가 흐른다. 그가 딱 좋게 고쳐준 옷들을 입고선 수업을 하고 강연을 하고 데이트를 하며 지낸다. 쓸데없이 옷을 사는 일이 줄고 아깝게 버리는 일도 줄었다.

적절하고 알뜰한 생활의 기쁨을 나에게 준 이 사장님의 이름은 영애다. 영애의 역사를 알고 싶어서 인터뷰를 청했다. 수선집의 휴무일인 일요일에 우리는 만났다. 커피믹스를 한 잔씩 들고 재봉틀 앞에 마주 앉았다.

이영애 지비*는 머릿결이 참 좋네.

이슬아 그쵸? 엄마 닮아서 숱도 많아요.

이영애 이담에 나이 먹으믄 다 없어져. 나도 예전엔 숱이 많았는데 이제는 적어졌거든.

이슬아 제가 저번에 원피스를 하나 맡겼는데요.

이영애 다 해놨지. 알맞게 줄여놨어.

이슬아 (수선된 것을 보며) 딱이네요. 길이를 일자로 안 자르고 약간 물결 모양으로 자르셨나 봐요. 이렇게 하니까 팔랑거릴 때 더 예쁘겠어요.

이영애 일자로 자르면 뵈기 싫어. 살짝 라운드로 해야지 돼. 밑부분은 그냥 말지 않고 미스마끼로 말았어.

*　'당신' 혹은 '너'를 허물없이 일컫는 사투리.

이슬아 미스마끼*가 뭐죠?

이영애 모르지? 그런 게 있어. 봉제할 때 쓰는 용어야. 보통 박음질이랑 달라. 할 줄 아는 사람이나 허지 아무나 못 해.

이슬아 꼼꼼하게 고쳐주셔서 감사해요.

이영애 근데 처음에는 여기를 어떻게 알고 옷 맡기러 왔어?

이슬아 제가 상가 건물에 있는 요가원에 다니는데요. 거기 같이 다니는 아주머니께서 옷 고치려면 여기로 가라고 말해주셨어요. 맨 처음엔 저희 엄마 혼자 왔죠?

이영애 엄마가 옷 고치러 와서 나랑 얘기를 한참 했지. 엄마 이름이 뭐였더라?

---

* 고급 옷이나 실크처럼 얇고 부드러운 원단의 끝부분을 마감할 때 쓰는 기술. 얇은 실 한 줄로 말아 올리듯이 마감하면서 봉제선이 잘 보이지 않게 처리한다. '말아박기'라고도 불린다.

이슬아　복희 씨요.

이영애　응, 복희 씨. 인상이 너무 좋아. 딸 얘기는 잘 안 하더라고. 딸이 작가다 뭐다 이런 얘기를 떠벌리지 않아. 그래서 이렇게 큰 딸이 있는지도 몰랐어.

이슬아　엄마가 저를 스물다섯 살에 낳았어요.

이영애　나도 첫애를 스물다섯 살에 낳았어.

이슬아　그렇구나. 자식들 얘기하기 전에, 사장님이 몇 년도에 어디서 태어나셨는지부터 알고 싶어요.

이영애　언제 태어났는지는 몰라. 다 잊어먹었어. 올해 내가 팔십⋯ 넷인가? 팔십 몇 살인지 잘 모르겠어. 살아온 세월이 하도 험해서 나이가 몇인지는 정확히 기억이 안 나. 대전서 컸어. 팔 남매 중 다섯째였어.

이슬아　사장님 성함은 영애잖아요. 남매들의 이름은 뭐였어요?

이영애 남자 형제들 이름은 한주, 종주, 계주. 여자 형제들 이름은 영자, 영실, 영애, 영덕 뭐 그런 식이야.

이슬아 그중에서 몇 명이나 미싱을 배웠나요?

이영애 남자애들은 미싱 안 했지. 남자니까 이런 것 저런 것 다양하게 배우지만 딸들은 안 가르쳤잖아. 옛날엔 밥을 할 때도 아버지랑 오빠만 따로 쌀밥을 해서 드렸어. 여자들은 보리밥 먹고. 동태를 한 마리 사도 우리는 꼬랑지나 대가리 끝부분만 먹어. 한번은 밥 먹다가 수저가 내 이빨에 부딪히는 소리가 났나 봐. 근데 그 소리를 듣고 오빠가 나한테 나가라는 거야. 오빠를 무서워했으니까 나갔지. 부엌에서 혼자 울면서 먹었어. 그게 억울한지도 모르고 살았어. 미싱은 언니랑 나랑 여동생이 배웠지. 근데 오로지 나만 손끝이 매웠어. 엄마를 닮아갔고.

이슬아 손끝이 맵다는 게…

이영애 재주가 좋다는 뜻이야. 뭘 해도 야물딱지게 하고.

그래서 나만 이 길로 쭉 온 거지. 무슨 일이든 싹 깔끔하게 했어. 시시허게는 안 했어. 공장에 처음 들어간 건 열아홉 살이던 해 7월이야. 그때 지비는 태어나지도 않았을 거야.

이슬아 저는커녕 저희 엄마도 안 태어났을 거예요.

이영애 공장을 다니는데 60년대라 한 달에 한 번만 쉬면서 일했어.

이슬아 그렇게 일하면 몸이 남아나질 않잖아요.

이영애 그러니까. 한여름에 반팔 입고 막 일했던 게 생각나. 일 가르쳐주는 사람은 '오야'였고 나는 '시다'였어. 둘이 한 묶음이 되어 일하는 거야. 그때는 다리미에 진짜 숯을 넣어서 옷을 다렸어. 처음 배우니까 얼마나 뜨겁고 무거웠겠어. 요즘 쓰는 다리미는 양반이지. 내가 숯 다리미질을 어려워서 잘 못하니까 오야가 성질내면서 와가지고는 나한테서 다리미를 탁! 거칠게 빼앗아가. 그러다 내 팔이 다리미에 이만큼 덴 거야. 데이면서 일을 배웠지. 피부에 홍진 걸 보고 우리 엄마가 그래. 아무리 그래도 그렇지 사람한테 이렇게 일을 시켜 먹냐고. 그렇게 일했어. 다들 가난했어.

이슬아   그렇게 일 배우다가 서울에 오신 거지요? 어떤 마음으로 오셨어요?

이영애   스물두 살엔가 왔을 거야. 대전은 그때만 해도 시골이었으니까. 서울 가야 돈을 더 벌 수 있다고 들어서 올라왔어. 서울에는 라사라 학원이 있댔거든. 옷 만드는 거 가르쳐주는 학교 있잖아. 나만 올라온 게 아니라 내 친구들도 다 왔어. 상경해서 맨 처음에 간 데가 남산 옆에 창신동 쪽이야. 거기에 봉제 공장이 많았거든. 하꼬방도 많았고. 하꼬방이 뭐냐면 박스 같은 걸로 대충 만든 아주 싼 집이야. 거기서 친구랑 같이 돈을 나눠 내고 자취를 했지. 내가 참 어렸고 조그마했어. 지금도 작지만 그때도 작았어. 굶는 날도 많았고. 그 와중에 공부한다고 학원을 다녔어. 라사라 학원에서 옷도 배우고. 신설동 사거리에 수도 학원이 있었어. 글 가르쳐주는 곳. 일 끝나고 밤마다 갔는데 배우긴 뭘

배위. 막상 학원에 앉으면 너무 피곤해서 잠이 쏟아져. 힘들어서 못해. 읽고 쓰는 거 아주 기본적인 것만 배웠어.

이슬아 서울 와서 배운 봉제 기술은 어떻게 달랐나요?

이영애 라사라 학원에 있는 재단사 밑에서 재단기술*을 세밀하게 배웠지. 기본적인 봉제 기술은 대전에서도 알았지만 점점 더 다양하게 알게 된 거야. 재단사한테 일을 배워서 창진이라는 공장에 들어갔는데 거긴 샘플사였어. 샘플사**에서는 옷 하나를 디자인하면 그걸 마네킹에 걸어놓고 실제로 출시할 옷이 되도록 내가 해내야 돼.

---

* 봉제 공장에서 일하면 미싱에 대한 기본적인 기술을 허겁지겁 익힐 수는 있으나, 옷 만드는 과정을 처음부터 끝까지 이해하거나 큰 그림으로 볼 수는 없다. 재단도 마찬가지. 재단사에게 돈을 주고 배우지 않으면 몇십 년간 봉제 공장에서 일해도 재단 기술을 알기 어렵다.

** 옷의 첫 완성본을 만드는 곳. 이 과정을 '샘플한다'고 말한다. 종이에 있는 구상을 처음으로 구현하는 작업이며 공장들은 이 샘플에 따라 옷을 만들게 된다. 이미 샘플이 만들어진 옷을 단순히 따라서 만드는 일반 봉제사보다 고도의 기술이 필요하다.

이슬아   샘플하는 공장의 풍경이 어땠는지 궁금해요.

이영애   엄청나게 컸어. 그때는 섬유 공장들이 다 컸지. 직원도 보통 이삼백 명이야. 1층, 2층, 3층에 사람들이 쫙 늘어서서 일했어. 그 시절이 한창 그때야. 왜 평화시장의 그 사람 있잖아.

이슬아   전태일이요?

이영애   응, 맞어. 옷 공장에서 사람들이 아주 많이 일하던 시절이었어. 한 달에 한두 번 쉬어가면서. 그렇게 일하다가 내가 잘하니까 주임이 된 거야. 승진을 한 거지. 샘플도 만들고 사람들 관리도 했어. 그때 내 월급이 42만 원이었어. 굉장히 잘 받은 거야, 당시로써는. 쌀 한 말이 8천 원이던 시절이니까.

이슬아   어떤 옷감을 주로 다루셨어요?

이영애   실크봉제*를 많이 했지. 70~80년대에는 실크가

---

*   원단 자체가 고가일 뿐 아니라 사용되는 미싱도 다르고 재단법도 봉제법

한창 유행했거든. 외국 사람도 많이 해갔어. 홍콩
에서 바이어가 자주 왔어. 근데 실크는 아무나 못
해. 기술이 있는 사람만 다뤄.

이슬아 지금 사장님 주변에 도구랑 기계들이 이것저것
많은데요. 이 물건들을 좀 설명해주실 수 있으
세요?

이영애 일단 실들이 있어. 봉제선이 드러나지 않게 손님
들 옷이랑 비슷한 색깔로 맞춰줘야 되니까 실이
다양하게 필요해. 명주실도 있고, 가는 실도 있
고, 이쪽은 굵은 실이야. 청바지 실이라고도 불
러. 오바로크*할 때 써.

이슬아 옆에 있는 실은 되게 부드러워요.

이영애 그건 면 실이랑 나일론 실. 촉감이 다 달라.

도 따로 있어서 고급 기술자만 다룰 수 있었다.

* 옷감의 가장자리가 풀어지지 않게끔 마무리하는 대중적인 미싱 기술. 보
통 '오바로크를 친다'라고 말한다.

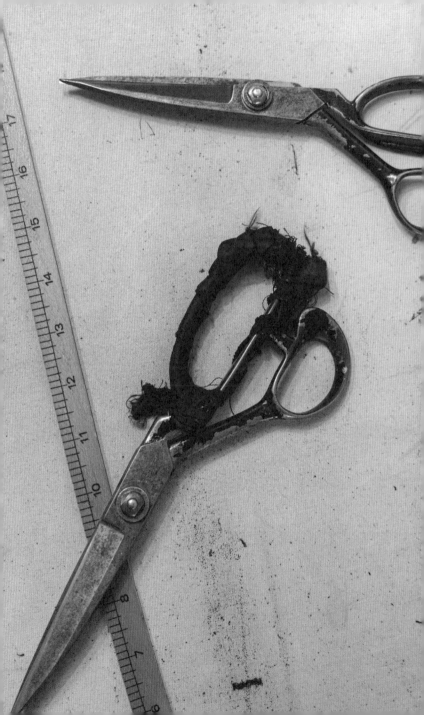

이슬아 여기 있는 미싱은 얼마나 오래된 기계인가요?

이영애 내가 쓴 지 20년 됐는데, 20년 전에 중고로 샀으니까 그보다 훨씬 더 오래됐을 거야.

이슬아 아래에는 페달이 있네요. 약간 운전하는 구조랑 비슷한 것 같아요.

이영애 그래서 내가 운전 배우면 잘할 것 같아. 왼쪽 페달을 밟으면 기계 위쪽이 살짝 들려. 그 사이로 옷감을 넣을 수 있어. 이걸 노루발이라고 해. 노루처럼 발을 드는 모양이니까. 그리고 오른쪽을 밟으면 드르륵 돌아가는 거야.

이슬아 다리미도 오래돼 보여요.

이영애 다리미 밑에 끼우는 커버도 있어. 이건 다리미 신발이라고 해.

이슬아 다림판도 여러 개가 있네요.

이영애 좁은 부분을 섬세하게 다리려면 넓은 판에 대고 다리면 안 되거든. 소매나 어깨 부분을 다릴 때에는 이런 좁은 다림판에 대고 다려.

이슬아 어떤 손님들을 보면서 지내시는지 궁금해요. 단골 손님도 많을 텐데요.

이영애 단골들 많지. 사오십 대 사람들이 제일 많고, 노인네들도 오고, 학생들도 많이 오지. 여기 탄현 중학교 교복은 내가 다 줄였을 거야. 나는 일을 허투루 안 하잖아.

이슬아 힘든 손님도 있었나요?

이영애 3년 전엔가 어떤 남자가 정장을 들고 왔어. 남자 자켓은 뜯어보면 알지만 아주 복잡해. 메이커가 있는 옷은 특히 그래. 그걸 내가 꼼꼼하게 잘 수선해줬는데 남자가 집에 가지고 가더니 며칠 뒤에 다시 와서 뭐가 잘못됐대. 그래서 다시 해줬지. 근데 며칠 뒤에 와서 또 뭐가 잘못됐다는 거야. 그렇게 서너 번인가를 트집을 잡더라고. 여기서 바로 입어보고 말해줬으면 일이 좀 더 수월했을 텐데 꼭 집에 가져가서 입어보고 다시 와서 트집을 잡아. 아주 까다롭게 굴고 신경질도 내고 그래. 몇 번을 그러길래 내가 결국 포기를 했어. 수선비 안 받을 테니 도로 가져가라고 했어. 못 하겠다고. 힘 빠지고 속상했지.

그 후로 뒷산을 산책하는데, 산책길에 그 남자를 가끔 우연히 마주치는 거야. 인사할 때마다 껄끄럽더라고. 서로 불편하게 지내다가 1년 뒤엔가 그 남자가 다시 여기 찾아왔어. 수선할 옷을 잔뜩 들고 온 거야. 나는 저번에 마음이 크게 상했었으니까 못 해준다고 했지. 근데 그 남자가 딱 그렇게 말해. "내가 그땐 잘못했어요."

이슬아　1년 만에 사과하셨구나. 그분은 속으로 미안하셨던 거예요, 그죠?

이영애　그치. 그런 사람이 한 명 있었어. 보통은 다 좋게 좋게 하고 가. 나는 확실하게 마음에 들게 해주고 싶어서, 찾으러 왔을 때 늘 바로 입어보고 가라고 해.

이슬아　요즘 수선하시는 옷감은 어떤 것들이에요?

이영애　스판이 많아. 두꺼운 스판은 일하기에 편해요. 얇은 스판은 까다로워. 톱니 설정도 바꾸고 바늘 설정도 바꿔서 해야지 돼. 그리고 수영복이 좀 어려워. 수영복 감은 탄력이 있잖아. 매번 쫙 당겨가면서 가깝게 박아야지 안 틀어져. 나는 손님 옷 버린 적이 없어.

이슬아　비결이 뭐예요?

이영애　충분히 시간을 들여서 일해. 서둘러서 대충하지 않아. 손이 빠르니까 두세 시간 만에 완성할 수도 있지만 그것보다 여유 있게 일정을 잡고 시작해. 그럼 편안한 마음으로 완벽하게 할 수 있잖아. 손님이 찾으러 왔을 때 자신이 있어. 자신 있게 입어 보라고 할 수 있어.

이슬아　벽에 걸린 사진은 자녀분들인가요?

이영애　응. 우리 애들이랑 손자 손녀들. 고생 많이 했는데

삐뚤지 않게 잘 커줘서 항상 고마워. 나는 결혼 생활이 아주 힘들었어.

이슬아   어떻게 힘드셨어요?

이영애   시집을 와보니까 시누이가 갓난쟁이야. 시어머니가 시누이를 낳은 지 겨우 4개월이었어. 나는 큰애를 그 이듬해에 낳았거든. 시누이랑 우리 아들이랑 한 살 차이밖에 안 나. 그래서 내가 애기 둘을 젖 맥여서 키웠어.

이슬아   시어머니의 딸한테 젖을 먹였다는 말씀이세요?

이영애   그랬지. 다들 힘들고 애기는 울고 하니까… 우리 시어머니도 사정이 참 많았어. 애 낳은 지 얼마 안 돼서 요릿집 종업원으로 일하셨거든. 시어머니 일하시는 동안 내가 시누이랑 우리 애랑 같이 키운 거지. 시누이가 나를 참 잘 따랐어. 내 궁둥이에 꼭 붙어서 컸어. 나 스물다섯 때 일이야. 시어머니는 반찬을 참 잘하셨어. 나한테 많이 알려주시기도 했어.

이슬아 그때 남편분은 뭐 하고 계셨어요?

이영애 남편은 아예 다른 여자랑 살림을 차리고 살았어. 잘생겼고 키도 컸는데 성격이 안정치가 않은 사람이었어. 나 몰라라 하면서 바람 피우고 다녔지. 그 사람이랑 어떻게 하다 보니까 애를 셋 낳았네.

이슬아 어떻게 하다 보니까, 라니…

이영애 부부생활도 거의 안 했는데 어찌 그랬나 모르겠어. 그 사람은 우리 애들 태어나도 안아보지도 않았어. 애 낳을 때 시어머니가 산파처럼 다 받아줬지. 그렇게 낳고선 나 혼자 키운 거야. 우리 엄마도 도와주느라 힘드셨지. 그때는 유치원도 없으니까 특히 힘들었어.

그래도 시어머니는 아들 편인 것 같았어. 한 집에서 살았을 때, 나 혼자 애들 키우느라 힘든데 남편은 바람 피우고 다니니까 얼마나 속이 터져. 그 사람이 와이셔츠만 갈아입는다고 집에 잠깐 들어왔을 때 내가 딱 막았어. 이렇게는 못 산다고. 애가 셋이나 있는데 돈 한 푼 갖다준 적 있냐고. 해결하

고 나가라고. 소리를 지르면서 남편을 못 나가게
했어.

그때 시어머니가 나타나더니 내 멱살을 붙잡는
거야. 나는 한창 유행하던 스웨터를 입고 있었어.
카라가 없는 디자인이었는데, 그 스웨터의 옷깃
을 콱 잡아버리더라고. 모가지에 금이 남을 정도
로… 그렇게 살았어. 밖에서 봉제일 하면서 애들
키우니까 힘들어서 하혈도 하고 그랬어.

이슬아   과로하셔서요?

이영애   응. 아래에서 계속 피가 나오니까 서울대학병원
가서 처음으로 피 주사를 맞아봤네. 이제는 세월
이 흘러서 어느새 애들이 다 크고, 셋 다 결혼하
고, 나만 혼자 남았잖아. 애들한테 신세 안 지려고
계속 이 수선 일을 한 거야. 돈 대달라는 소리 지
금까지 일절 안 했어.

이슬아   이 수선집은 정말 소중한 곳이에요.

이영애   그렇지. 근데 우스운 이야기를 하나 해줄게. 내가

육십쯤 되었을 때 우리 큰 며느리가 그래.

"어머님, 그동안 고생도 많이 하셨고 아버님도 옆에 없으니까 이제 친구를 만들어보시면 어때요?" 며느리가 아는 할아버지가 하나 있대. 일단 만나보래. 그 할아버지는 인기가 많아서 약속을 얼른 잡아야 한대.

이슬아   그래서 만나셨어요?

이영애   빨리 만나라길래 그렇게 했지. 상계동에 있는 백화점에서 만났어. 커피숍에서.

이슬아   만나보니까 어떻던가요?

이영애   알고 보니 며느리가 아는 할아버지가 아니라, 며느리네 엄마, 그러니까 내 사돈댁이 아는 할아버지더라고. 사돈댁이 관광 일을 하다가 그 할아버지를 만났는데, 인상이 너무 좋아서 나한테 해주고 싶으셨던 거야.

이슬아   그럼 사돈댁께서 사장님이랑 그 할아버님을 이어주신 거예요?

이영애 그런 거지. 만나보니까 영감이 아주 점잖어. 38년 동안 고등학교 교사로 일하고 퇴직한 영감이야. 고향이 나주래. 나보다 여덟 살인가 많더라고. 많이 배우고 점잖았어. 그리고 나를 참 아꼈어.

이슬아 사장님, 러브스토리네요.

이영애 처음엔 자식들한테 숨겼어. 우리 애들한테 굳이 알리고 싶진 않아서 계속 혼자 사는 척했지. 하지만 여기 상가 사람들은 다 알았어. 우리가 같이 지내는 거랑, 그 양반이 나를 얼마나 아끼는지 소문이 다 났었어. 그런 양반 또 없다고 다들 부러워했었어. 고마운 양반이야.

이슬아 그 고마운 분의 성함을 알려주실 수 있어요?

이영애 이름이 찬무야, 박찬무. 나랑 8년쯤 지냈지. 이 수선집 차릴 때 돈도 보태줬어. 내 돈이랑 그 양반 돈이랑 같이 부어서 여기를 얻은 거야. 이름도 그 양반이 지어줬어.

이슬아 '미래로' 수선집이요? 이름이 멋지다고 생각했는
데 찬무 할아버님께서 지어주셨군요.

이영애 좋은 일만 가지고 미래로 가라고 그렇게 지어준
거야. 미래에도 자식들한테 손 벌리지 않고 혼자
잘해나가라고, 자기 없이도 행복하게 잘 살라고
하더라고. 참 좋은 사람이었어. 그 양반이 이 수선
집을 보고 그랬어. 어쩜 그렇게 나하고 꼭 맞는 곳
인지 모르겠다고.

이슬아 사장님이 일하는 모습을 좋아하셨나 봐요.

이영애 그랬나 봐. 토요일에 퇴근하고 나면 우리는 상가
아래 맥주집 가서 맥주 한 잔씩 시켜놓고 도란도
란 얘기하고 그랬어. 일요일엔 쉬니까.

이슬아 너무 좋았겠다~

이영애 그랬지.

이슬아   서로를 뭐라고 부르셨어요?

이영애   나는 그 양반을 '회장님'이라고 불렀어. 그 사람은 나를 '자네'라고 불렀고. 아무튼 우리는 친구였어.

이슬아   찬무 할아버님은 영애 사장님을 왜 좋아하셨대요? 물어보신 적 있어요?

이영애   물어봤지. 그 양반 원래 부인은 돌아가셨지만 살아생전에 예쁜 분이셨더라고. 사진만 봤는데도 잘생기셨어. 나랑은 다른 스타일이야. 난 그냥 아담하고 조그맣잖아. 잘은 모르지만 박찬무 그 양반이 보기엔 내가 천상 여자 같았나 봐. 내가 가끔 짜증을 내면 그 양반은 이렇게 말해. "자네는 웃는 게 제일 예뻐." 그럼 내가 또 웃음이 나와. 참 재미있게 지냈지.

이슬아   밥도 자주 같이 해드셨겠어요.

이영애   응. 내가 아욱국을 끓이면 그 양반이 한 입 먹어

봐. 그리고 너무 맛있다면서 이렇게 말해. "자네. 빨리 가서 현관문 잠그고 오게. 누가 한 입 달라고 할까 봐 무섭네."

이슬아 (폭소)

이영애 (웃음) 그렇게 농담이 있는 양반이었어.

이슬아 주무실 때도 함께 주무셨어요?

이영애 그 양반은 침대에서 자고 난 바닥에서 잤어. 스킨십 같은 건 하기 싫더라고. 그 양반도 점잖아서, 내가 한번 싫다고 하면 싫은 줄 알고 다시는 안 해. 가끔 손은 잡고 다녔어.

이슬아 같이 살면서 얼마나 재밌으셨을까.

이영애 내 평생 남편한테는 그런 사랑을 받아보질 못했는데, 말년에 찬무 양반한테는 참 사랑을 많이 받았지. 지금은 돌아가신 지 5, 6년 됐어.

이슬아　돌아가실 때 너무 마음이 아프셨을 것 같아요.

이영애　한 2년 병간호했어. 마지막엔 요양병원으로 모셨는데 그 요양병원이 얼마나 꼭대기에 있는지 몰라. 거기 오르막길 올라가느라 내가 비쩍 말랐었어. 반찬 해가지고 요양병원 다니느라 얼마나 힘든지. 요양병원들은 왜 그렇게 꼭대기에다 많이 지어놓는대? 다니기 힘들게. 병원 안에 간병인이 있지만 찬무 할아버지가 나만 찾으니 매일같이 다녔지. 나도 집에 있으면 혼자니까.
나중에 정말 죽을 때 되어서는 집으로 모셨어. 사람이 죽으려니까 살갗에서 하얀 비늘 같은 게 나오더라고. 밀가루처럼. 그래서 침대 주변이 푸석푸석했던 게 생각나.

이슬아　찬무 할아버지 없이 다시 혼자 지내는 거 괜찮으셨어요?

이영애　생각보다 안 쓸쓸하더라고. 같이 살 때는 참 재밌었지만 없다고 못 살겠고 그런 건 아니야. 내가 할 수 있는 것도 다 했으니까.

가끔은 손님들이 나보고 몇 살이냐고 물어봐. 팔십 됐냐고 물어보면 난 그냥 "예~"라고 해. 누구는 칠십 대냐고 물어볼 때도 있어. 그럼 내가 또 "예~"라고 해. 먹을 만큼 먹었다는 사실이 중요하지 정확한 나이가 뭐 그리 대수겠어.

이슬아 나이가 들었다는 걸 언제 실감하세요?

이영애 원래는 그런 걸 몰랐어. 감기약도 3일 치를 다 먹어본 적이 없어. 한 알만 먹으면 나았으니까. 근데 한두 해 전부터 좀 달라. 기억력도 안 좋아지고, 집에 뭘 잘 두고 나오고, 설거지하다가 안 깨던 그릇을 깨고… 변화가 좀 있어. 집에 있을 때 몸이 무겁고 찌뿌둥하기도 해. 근데 여기 수선집에 일하러 나오면 그런 게 안 느껴져. 쌩쌩해.

이슬아 돌아가고 싶은 시절이 있으세요?

이영애 없어. 지금이 제일 좋아.

이슬아 그러세요?

이영애   응. 삼 남매 한창 키울 때는 걔네 안 굶기려고 얼마나 힘들었는 줄 알아? 봉급을 타면 지갑에 빵빵하게 있다가도, 이놈 주고 저놈 주고 나면 이튿날서부터는 돈 꿔야 돼. 지금이라고 떵떵거리며 사는 건 아니지만 그래도 편해. 지금 전세 7천짜리 원룸에서 사는데 그것만으로 좋아. 모자람이 없어.

이슬아   일요일마다 성당에 다니시죠? 어떤 기도 하시는지 여쭤봐도 되나요?

이영애   주로 내 욕심인 기도를 하지. 우리 아들딸들 위한 기도 올리고, 우리 나라가 편하라고 기도하고… 근데 가만 보니까 내 건강을 위한 기도는 한 적이 없더라고. 요즘엔 내 건강도 빌어. 그래야 자식들이 안 힘들잖아. 내가 아파가지고 드러누우면 안 되지.

이슬아   보고 싶은 사람이 있으세요?

이영애   옛날에 나랑 공장에서 같이 고생했던 애들 보고 싶어.

이슬아   시다들이요?

이영애   응, 시다들. 그때는 철없이 싸움도 하고 서로 질투
도 했어. 공장은 일을 빨리 잘하는 사람한테 돈을
더 줬거든. 그러니 샘이 나지. 이제는 걔네들이 다
그리워.

내 여동생도 보고 싶어. 걔랑은 한 이불 덮고 같이
컸어. 나와 달리 키도 크고 억척스러웠어. 어릴 때
나물을 뜯으러 가면 우리 둘 바구니만 봐도 천지
차이야. 나는 잡초 하나 들어가면 큰일 나는 줄 알
고 나물만 예쁘게 뜯어서 담는데 걔는 안 그랬어.
우리가 나물을 해가면 엄마가 이렇게 말해. "영애
바구니에서는 더 골라낼 것도 없다." 쓸 수 있는
나물만 싹 모여 있으니까. 근데 동생 바구니를 보
면 절반이 잡초야. (웃음) 그런 성격으로 잘만 살
더라고. 다른 동생들도 있지만 걔가 제일 보고 싶
어. 죽은 지 3년이 되었는데, 그리고 나니까 조카
도 소용이 없더라고.

가끔은 가만히 있어도 머릿속에서 내 삶이 필름

처럼 돌아가.

이슬아   주마등처럼요?

이영애   응. 젊어서부터 지금까지 촤악 스쳐 가는 거야. 젊
었을 때 남편이랑 바람 피우고 살림 차린 젊은 여
자도 참 미워했고, 우리 시어머니도 미워했어. 이
제는 아무도 밉지가 않아.

이슬아   왜 안 미우세요?

이영애   몰라. 어느새 이해가 돼. 안 미워. 그 여자들도 안
쓰러워. 그들도 그렇게 살고 싶었던 게 아닐 거야.
그 사람들 삶도 기가 막혀. 그래서 안 밉더라고.

267

이영애 사장님이 주인공인 영화의 끝을 상상하고 있다. 스크린이 어두워지고 그 위로 엔딩 크레딧이 올라오기 시작한다. 인생이 바라던 대로만 흘러가지 않았던 이들의 이름이 하나하나 떠오를 것이다.

대전의 가난한 팔남매들, '주'자 돌림 형제들과 '영'자 돌림 자매들의 이름, 공장에서 만난 오야와 시다들의 이름, 영애와 함께 상경한 고향 여자애들의 이름, 하꼬방에서 함께 자취한 친구의 이름, 재단사들의 이름, 샘플사 직원들의 이름, 남편의 이름, 남편과 사랑을 했던 여자의 이름, 시어머니의 이름, 자식들의 이름, 며느리들의 이름, 손자들의 이름… 그리고 찬무 할아버지의 이름도 거기에 있다. 엑스트라의 차례가 되면 셀수도 없이 많은 인물의 이름이 올라온다. 수선집을 드나든 손님들의 이름이다.

그 모든 주조연들 중 아무도 밉지 않다고 주인공인 영애 씨가 말한다. 어깨에 힘을 빼고 수선집 앞을 산책하며 말한다.

수선된 원피스로 갈아입은 나를 영애 씨가 본다. "봄이니까 이렇게 살랑거리고 다니면 되겠네." 하며 내 등을 매만진다. 나는 그런 영애 씨의 조연이라서 기쁘다. 그의 손길이 닿는 곳에 산다는 게 행운처럼 느껴진다.

영애 씨가 고쳐준 옷을 입고 살랑거리며 미래로 간다.

사진: 박현성

녹취록 작성: 양다솔

책을 시작하며 적었다.

나는 오랫동안 이 일을 하며 당신을 기다려왔다고.

이것은 1958년생 김한영 씨의 문장이다. 한영 씨는 작가 양다솔의 엄마이자 나의 친구다. 한영 씨 입에서 흘러 나온 이 문장을 처음 들었을 때 왜 그렇게 가슴이 저릿했는지 모르겠다.

어떤 어른들이 생각나서 그랬을 것이다.

오랫동안 이 일을 해왔다는 말 옆에 당신을 기다려왔다는 말이 이어진다. 짧은 기다림이었을 수도 있지만 긴 기다림이었을 수도 있다. 한 번의 기다림이었을 수도 있지만 매일 반복되는 기다림이었을 수도 있다. 이 책의 주인공은 세월이라고 문득 생각한다. 세월을 더디게도 만들고 쏜살같이 흐르게도 만들었을 노동에 관해 다뤘다. 그 노동에 임하는 일곱 명의 어른들을 잠시 비췄다. 책에 모신 어른들이 부디 바라고 기다리던 모습의 자신이 되었기를, 언젠가 나 역시 바라고 기다리던 내가 되기를 소망한다.

인터뷰를 하러 가는 길에는 그들이 기다리는 줄도 모르고 기다린 사람 중 하나가 되고 싶었다. 이야기를 들을 준비가 된 누군가, 궁금하고 걱정스럽고 감탄스럽고 고마운 얼굴로 그들을 바라보는 누군가가 되었으면 했다. 나는 인터뷰어로 일할 때 그나마 공부하는 사람이 된다. 인터뷰가 아니었다면 지금보다 게으르게 배웠을 것이다. 어른들에게 묻고 듣다가 생생해져버린 한국의 근현대사와 사라져가는 기술과 변화무쌍한 생애주기에 대해 생각한다.

표지에 쓰인 사진은 시인이자 사진가인 이훤의 작품이다. 먼 땅에 있는 미용실의 한 구석이라고 들었다. 내 나이보다 오래된 미용실이다. 오래되어도 생기를 잃지 않는 장소들이 있다. 그곳은 날마다 자기 자신과 일과 도구를 가꾸는 사람들의 공간이다. 존자 씨의 찬장 속 그릇이나 영애 씨의 실뭉치나 혜옥 씨의 서류함이나 경연 씨의 인쇄기나 순덕 씨의 유니폼에서도 비슷한 생기를 느낀다.

한편 인숙 씨의 논밭에는 서리가 내렸다고 한다. 하우스 오이 재배는 계속되겠지만 맨땅엔 씨앗을 심을 일이 당분간 없을 것이다. 인숙 씨는 한동안 땅이 쉰다는 말과 함께 이 시기를 설명해주셨다. 겨울에 땅이 쉬듯이 나도 곧 안식월을 보내려고 한다. 그 후엔 새 마음으로 서른한 살이 될 것이다. 계절이 바뀌고 해가 지고 해가 뜨고 아침마다 집에 빛과 바람이 든다는 사실에 언제까지나 놀라고 싶다. 새 마음으로. 새 마음으로.

2021년 늦가을 정릉에서
이슬아

새 마음으로

이슬아 지음

초판 1쇄 발행 2021년 11월 11일
초판 8쇄 발행 2025년 2월 7일

펴낸곳 헤엄 출판사
펴낸이 이슬아
등록 2018년 12월 3일 제2018-000316호
팩스 050-7993-6049
전화 010-9921-6049
전자우편 hey_uhm_@naver.com

아트디렉션 이슬아
디자인 최진규
교정교열 최진규
표지 · 프로필 사진 이훤
프롤로그 · 에필로그 사진 이훤
인터뷰 사진 박현성, 곽소진, 성지윤
녹취록 작성 김지영, 양다솔
로고디자인 하마
제작 · 제책 세걸음

ISBN 979-11-976341-0-9 03810